A ESCRITA
DE MARIA FIRMINA DOS REIS NA LITERATURA AFRODESCENDENTE BRASILEIRA: REVISITANDO O CÂNONE

À memória de Rosângela Mendes,
minha sobrinha, cuja curta trajetória de vida marcou a todos,
deixando saudades.
A Luís Filipe Mendes Maia, por dar sentido à minha vida.

Algemira de Macêdo Mendes

A ESCRITA
DE MARIA FIRMINA DOS REIS NA LITERATURA AFRODESCENDENTE BRASILEIRA: REVISITANDO O CÂNONE

Todos os direitos desta edição reservados à Editora Malê.
Direção: Francisco Jorge & Vagner Amaro

A escrita de Maria Firmina dos Reis na literatura afrodescendente brasileira: revisitando o cânone
ISBN: 978-65-87746-99-9
Edição: Vagner Amaro
Capa: Dandarra Santana
Diagramação: Maristela Meneghetti

Texto revisado segundo o novo Acordo Ortográfico da Língua Portuguesa.
Proibida a reprodução, no todo, ou em parte, através de quaisquer meios.

Dados internacionais de catalogação na publicação (CIP)
Vagner Amaro – Bibliotecário - CRB-7/5224

M591e Mendes, Algemira de Macêdo
        A escrita de Maria Firmina dos Reis na literatura afrodescendente brasileira: revisitando o cânone / Algemira Macêdo Mendes. — 1. ed. — Rio de Janeiro: Malê, 2022.
        178 p.

          ISBN 978-65-87746-99-9
          1. Literatura brasileira — História e crítica
          2. Reis, Maria Firmina (1822-1917) I. Título.
                                   CDD B869.9

Índices para catálogo sistemático: 1. Literatura brasileira: história e crítica B869.9

Editora Malê
Rua Acre, 83, sala 202, Centro. Rio de Janeiro (RJ)
www.editoramale.com.br/ contato@editoramale.com.br

É necessário que a existência parta de si [...] e que, sem nunca ser o centro, seja sempre a força impulsiva do seu próprio destino.

Mme. de Staël (1796).

SUMÁRIO

CONSIDERAÇÕES INICIAIS 11

1 MARIA FIRMINA DOS REIS: "UMA MARANHENSE" EM CENA 13
   1.1 Trajetória bibliográfica 13
   1.2 O lugar de Maria Firmina na historiografia literária brasileira 15

2 ESTRATAGEMAS DO DISCURSO DIEGÉTICO DE ÚRSULA 48
   2.1 A intriga: Díade e Tríade 48
   2.2 O enredo: narrativa de encaixes 48
   2.3 A construção das personagens em Úrsula 73
   2.4 O narrador: pluralidade de vozes 93

3 ÚRSULA E A ESCRITA DE VANGUARDA 103
   3.1 A representação do espaço: a cor local 103
   3.2 A escrita firminiana: contraponto ideológico 107
      3.1.1 Discurso antiescravagista em Úrsula 107
      3.1.2 Matizes românticos em Úrsula: consonâncias e dissonâncias 148
   3.3 Questões míticas e religiosas 160

CONSIDERAÇÕES FINAIS 197

REFERÊNCIAS 200

ANEXOS 153

ANEXO A – Anúncios publicitários de Úrsula 154
ANEXO B – Jornais maranhenses do século XIX em que Maria Firmina dos Reis publicou poemas 158
ANEXO C – Fragmentos do romance Gupeva publicado em jornais maranhenses 166
ANEXO D – Iconografias de Santa Úrsula 174

ÚRSULA: DE MARIA FIRMINA DOS REIS A ALGEMIRA DE MACÊDO MENDES

Regina Zilberman
UFRGS

Não fosse a iniciativa, o entusiasmo e a garra de pesquisadoras do porte de Constância Lima Duarte, Elaine Vasconcellos, Hilda Agnes Hübner Flores, Ivia Iracema Duarte Alves, Nádia Battella Gotlib, Rita Teresinha Schmidt e Zahidé Lupinacci Muzart, para enumerar nomes proeminentes e amplamente reconhecidos, provavelmente continuaríamos a ter uma visão distorcida do passado da literatura nacional. Professoras e investigadoras em instituições brasileiras, conectadas com o rumo dos estudos literários fora do país, foram em busca do que faltava em nossa história: a participação das mulheres, tivessem sido elas escritoras, jornalistas, mestras de crianças e jovens, donas de casa. Graças aos resultados de seu trabalho, não apenas se robusteceu o corpus da ficção e da poesia brasileira desde o começo do século XIX até a atualidade, como se alinhou o saber científico ao que de vanguarda se fazia no mundo contemporâneo.

Maria Firmina dos Reis é uma dessas escritoras e intelectuais que passaram a incorporar o cânone de nossa literatura. Sua obra de estreia, *Úrsula*, data de 1859, e esteve fora de circulação por muito tempo; recuperada nos anos 1960, foi objeto de produção fac-similar na década seguinte. Nos anos 1990, voltou a ser difundida, agora em edição comercial, só então se integrando aos estudos literários, onde goza de merecido prestígio.

O ano de publicação de *Úrsula* chama a atenção: a ficção brasileira ainda dava seus primeiros passos, representada no Rio de Janeiro por obras assinadas por Joaquim Manuel de Macedo, Manuel Antônio de Almeida e o primeiro José Alencar. No campo da produção feminina, algumas vozes já se faziam ouvir, como a da catarinense Ana Luiza de Azevedo Castro, autora de D. Narcisa de Villar, também lançada em 1859; mas aquelas eram manifestações tímidas, já que, além de provir de mulheres, procediam de escritoras residentes em províncias relativamente afastadas da Corte, onde atuavam os novelistas mencionados. À oposição de gênero, somava-se à distância geográfica, e figuras como Maria Firmina dos Reis ou Ana Luiza de Azevedo Castro acabavam por ser obscurecidas no conjunto do sistema literário.

O resgate do material representado por livros como *Úrsula* e D. Narcisa de Villar, publicados respectivamente no Maranhão e em Santa Catarina, para nos restringir a dois títulos lançados no ano de 1859, mas em locais distintos e bastante separados um do outro, produz uma importante virada na narração da história da literatura: não apenas faculta entender que o sistema literário não se limitava à Corte, nem à ação de homens letrados; ele permite indicar que os rumos da ficção nacional eram mais vastos que os inicialmente definidos, pois aquela conferia relevo a temas que, aparentemente, só viriam a se propagar mais tarde, como – e principalmente – a diferença étnica, o protagonismo da mulher, a denúncia da escravidão e dos maus-tratos de que africanos e afrodescendentes eram vítimas.

Sob esse aspecto, *Úrsula* é um romance fundamental: além de desenvolver uma trama complexa, expõe, com realismo, os perigos que cercam a existência de mulheres submetidas ao patriarcado e ao abuso do poder masculino, como ocorre à personagem que intitula a obra e à sua mãe. Mostra também a opressão dos negros submetidos à lei férrea do escravismo, a memória e a saudade da terra natal, encarnada na "preta Susana", as parcas alternativas de ruptura dos padrões morais vigentes, o que impede a solução do impasse amoroso entre a protagonista e o amado Tancredo.

No estudo que dedica ao romance, Algemira de Macêdo Mendes examina com muita propriedade os aspectos estruturais que constituem a narrativa, a construção de suas personagens, a temática pioneiramente feminista e antiescravocrata. Revela também a personalidade e a atuação da autora, cuja obra estende-se para além de *Úrsula*, seu livro de estreia, aos 34 anos, e sublinha os ângulos inovadores de sua criação literária, nascida no bojo do Romantismo, mas almejando novas fronteiras artísticas. Analisa também as relações da trama e das personagens com o padrão mítico-religioso associado à figura de Santa Úrsula, chegando a conclusões que situam o texto para além das coordenadas histórico-literárias.

O resultado alcançado por Algemira de Macêdo Mendes é primordial para o conhecimento do romance e de suas repercussões para além dos elementos internos que o constituem. Não abrindo mão do rigor com que o texto é escrutinado, a pesquisadora amplia as possibilidades de investigação, ao permitir que ele dialogue com seu tempo, de uma parte, com a tradição ocidental, de outra.

Tal seriedade valoriza o trabalho realizado, bem como o livro que o suscitou.

Maria Firmina dos Reis é hoje um marco de nossa literatura, amplamente reconhecida por todos que compartilham uma visão dinâmica e progressista do fazer artístico. Algemira de Macêdo Mendes é responsável por esse feito, alinhando-se, assim, àquele grupo que, mencionado no parágrafo de abertura, honra a pesquisa nacional em decorrência do papel que vem exercendo desde o momento em que se dedicou a valorizar a contribuição feminina à cultura brasileira.

CONSIDERAÇÕES INICIAIS

As investigações que tematizam os estudos sobre a literatura escrita por mulheres, em geral, dirigiram-se a questões relativas a gênero, cânone, teoria e crítica feministas. Uma questão, porém, tem sido pouco tratada no universo descrito acima: o lugar da mulher escritora na história da literatura brasileira.

Em vista disso, objetiva-se rastrear o processo de inclusão e de exclusão da escritora Maria Firmina dos Reis na história da literatura nacional. A partir da noção de rastro, formulada por Paul Ricoeur, com o intento de reconstruir a trajetória literária da escritora em estudo, pressupõe-se de que os estudos acerca da História da Literatura, atualmente, vislumbram construir não mais uma história na horizontalidade, mas diferentes histórias com diferentes nuances. Comungam desse pensamento, teóricos como François Furet (s/d), e Heidrum Olinto (*1986*), que apontam para uma nova consciência, que abrange reflexões críticas sobre o lugar específico da fala do historiador. Nessa perspectiva, Michel de Certeau (2000), encara a história como uma operação, em que combinam o *lugar* social, *práticas científicas* e uma *escrita*; a partir desse lugar, que é de produção socioeconômica, política e cultural, o historiador estabelece seu percurso e, por conseguinte, objetivos, escolhas metodológicas, fontes e resultados, ou seja, a história como "um *produto* de um *lugar*" (CERTEAU, p. 73).

Com vista nisso, nesse jogo estabelecido entre os interditos, é que se propõe verificar o lugar da escritora Maria Firmina dos Reis, quer na história da literatura nacional, quer na história local, produzidas no final dos séculos XIX e no século XX.

Para concretizar os objetivos propostos e coerentes com o embasamento teórico, realizou-se um levantamento bibliográfico de fontes, críticas sobre a escritora em estudo, documentos da história do Maranhão, em bibliotecas e arquivos públicos. Recorreu-se aos acervos particulares, tendo em vista que à época muitas das obras da escritora encontradas, eram nos setores de obras raras, dificultando o acesso.

Porém, com a concessão de uma bolsa pela CAPES, para a realização do doutorado sanduíche na Universidade de Coimbra, durante cinco meses, sob a orientação da professora Dr. Maria Aparecida Ribeiro, do Instituto de Estudos brasileiros, foi possível alargar o campo de pesquisas, pelo fato de as bibliotecas da Universidade de Coimbra se constituírem em grande centro de referências para estudo de fontes primárias sobre a historiografia literária brasileira.

Como forma de situar a escritora no tempo e no espaço, e identificar o lugar ocupado por ela na historiografia literária brasileira, selecionaram-se as Histórias literárias do século XIX, como as de Silvio Romero, *História da literatura brasileira;* e de José Veríssimo, *História da literatura brasileira*: de Bento Teixeira (1601) a Machado de Assis (1908) (1963), Araripe Júnior (1966), *Obra Crítica*; João Ribeiro (*1959, Crítica* de Humberto Campos, *Crítica – Primeira Série (1935).* As do século XX foram as de Ronald de Carvalho, *Pequena história da literatura brasileira (1958);* Lúcia Miguel Pereira, *História da literatura brasileira:* prosa de Ficção (1870-1920) (1920); Afrânio Coutinho (1982), *A literatura no Brasil;* Antonio Candido (1955),

Formação da literatura brasileira (momentos decisivos); Massaud Moisés (2001), *História da literatura brasileira:* das origens do Romantismo e *Literatura brasileira através dos textos;* Nelson Werneck Sodré (1982), *História da literatura brasileira;* Alfredo Bosi (1993), *História Concisa da Literatura Brasileira;* Wilson Martins (1992), *História da inteligência brasileira* e Luciana Picchio Stegagno (1997), *História da literatura brasileira.*

Acrescem-se a essas as histórias literárias maranhenses, como as de Antônio Henriques Leal, *Panteon Maranhense;* Francisco Sotero dos Reis, *Curso de literatura portuguesa e brasileira;* Mário Meireles, *Panorama da literatura maranhense,* e Nascimento Morais Filho, *Maria Firmina dos Reis – fragmentos de uma vida.*

No cotejo das histórias literárias elencadas, o registro foi feito levando-se em conta o sumário das obras. Quando este não foi suficiente, deslocou-se o foco para o índice onomástico das fontes documentais das histórias literárias.

Dessa forma, o livro está estruturado em quatro capítulos. O primeiro, sobre a escritora Maria Firmina dos Reis, apresenta a trajetória biobibliográfica da escritora, na qual atualizamos alguns aspectos concernente a sua data de nascimento e o seu lugar nas histórias literárias elencadas. O segundo, analisa os estratagemas do discurso diegético na obra *Úrsula,* focando, a composição da intriga e estruturação do enredo, construção das personagens e pluralidade das vozes que dialogam na obra, os elementos espaciais, com ênfase na cor local. O terceiro, aborda o vanguardismo de sua escrita, evidenciam-se questões antiescravagista e questões míticas e religiosas.

Por último, as considerações finais, em que se retomam as questões do lugar que a escritora ocupa na história da literatura brasileira e de que forma ele representou em sua obra os aspectos políticos, identitários e culturais em seu tempo, bem como se verifica o seu lugar de fala e qual foi sua contribuição para a formação do pensamento brasileiro do século XIX.

1. MARIA FIRMINA DOS REIS: "UMA MARANHENSE" EM CENA

1.1 Trajetória Biobibliográfica

Maria Firmina dos Reis, filha natural de João Esteves e Leonor Felipa dos Reis[1]. Era prima do escritor maranhense Francisco Sotero dos Reis[2] por parte de mãe. A escritora nasceu no dia 11 de outubro de 1825, no bairro Pantaleão, na ilha de São Luís, Capital do Maranhão. Porém, recentemente foi encontrado no Arquivo Público do Estado do Maranhão um documento datado de 25 de junho de 1847, pertencente à Arquidiocese do Maranhão. Nele, conforme Dirlecy Adler (2017), Maria Firmina dos Reis solicita à Câmara Eclesiástica de São Luís a mudança na data de seu nascimento para o dia 11 de março de 1822. Sendo o pedido transformado em processo e tendo sido acatado pelas autoridades eclesiásticas e emitido uma nova certidão de batismo[3].

---

[1] Existem muitos registros da grafia do nome de sua mãe, como Leonor Felipe dos Reis e Leonor Reis. Nascimento Morais *registra*: Leonor Felipa dos Reis (In: FIRMINA, Maria. *Fragmentos de uma vida*. São Luís: Governo do Estado do Maranhão, 1975. s.p.

[2] Francisco Sotero dos Reis: nascido em São Luís – MA (1800-1871). Parlamentar, filósofo, professor, lente de Latim do Liceu Maranhense, do qual foi primeiro diretor. Publicista e poeta, fundou os jornais maranhenses: *Constitucional* e *O Maranhense*. Colaborou com: *Investigador Maranhense, O observador, Publicador Maranhense, A Revista e Os Correios de Anúncios*. Conforme Silvio Romero, em *História da Literatura Brasileira* (1949), colaborou, juntamente com Joaquim Sousa Andrade, Henrique Leal e outros no *Semanário Maranhense*. Ocupou a cadeira 17 da Academia Maranhense de Letras e foi Patrono da Academia Brasileira de Letras. Autor das obras: *Curso de literatura portuguesa e brasileira, Apostillas de gramática geral aplicada à língua portuguesa pela análise dos clássicos, Curso de literatura romana* e outras (MEIRELES, Mário. *Panorama da literatura maranhense*. São Luís: Imprensa Nacional São Luís, 1955, p. 71-72.

[3] Ver : CARVALHO, Virgínia Silva de. *A efígie escrava*: a construção de identidades negras no romance *Úrsula*, de Maria Firmina dos Reis. 2013. 136 f. Dissertação (Mestrado em Letras) – Centro de Ciências Humanas e Letras. Universidade Estadual do Piauí, Teresina, 2013. GOMES, Agenor. *Maria Firmina dos Reis e o cotidiano da escravidão no Brasil*. São Luís: Academia Maranhense de Letras, 2022.

Viveu com a avó Engrácia Romana da Paixão, a mãe, a irmã Amália Augusta e a sua prima Balduína e outros parentes consanguíneos ou por afinidade, conforme aponta Agenor (2022) em sua obra, em Guimarães, para onde se mudaram quando ela tinha tenra idade. Autodidata, pouco se sabe sobre o registro formal em estabelecimentos escolares, sua instrução fez-se através de muitas leituras – lia e escrevia francês fluentemente. Exerceu a profissão de professora primária, tendo sido aprovada em primeiro lugar para a vaga do concurso público estadual, em 1847, para mestra régia[4]. Aposentou-se em 1881. Um ano antes da aposentadoria, fundou a primeira escola mista no Maranhão, tendo esta funcionado até 1890. Faleceu em 11 de novembro de 1917, aos 92 anos, cega e pobre.

Iniciou sua carreira literária com a publicação do romance *Úrsula*[5], (Ver anexo A) em 1859 (Typographia do Progresso – MA), tendo posteriormente as seguintes edições: 2ª edição, 1975, *fac-similar* (Gráfica Olímpia – RJ); 3ª edição, 1988 (Editora Presença/INL-Brasília); 4ª edição, 2005 (Editora Mulheres – SC)[6]. Colaborou com o jornal *A Imprensa*, publicando, em 1860, poesias, assinando com as iniciais M.F.R. (Ver anexo- B). Em 1861, começa a publicar *Gupeva*, no jornal *Jardim das Maranhenses*. Em 1863 e 1865, republica *Gupeva*, respectivamente, nos jornais *Porto Livre* e *Eco da Juventude* (Ver Anexo C). Em 1871, *Cantos à beira mar* pela Tipografia do Paiz; em 1976, em *fac-símile*, a 2ª edição.

Participou da antologia poética *Parnaso Maranhense*

---

[4] Professora *concursada* em contraposição a leiga.
[5] Primeira obra da escritora, publicada sob o pseudônimo de "Uma Maranhense". O fac-símile foi feito após doação de Horácio de Almeida ao Governo do Estado do Maranhão, na época Nunes Freire, que o encontrou em sebo no Rio de Janeiro em 1962. O exemplar que originou a referida edição ainda está por ser localizado, conforme pesquisas recentes no Estado do Maranhão. Luíza Lobo em Crítica sem juízo informa que o referido exemplar estaria o escritor maranhense Jomar Moraes, já falecido.
[6] Atualmente existem mais de trinta edições de *Úrsula*.Ver: https://mariafirmina.org.br/categoria/biografia-firmina

(1861),[7] e colaborou ainda com os seguintes jornais: *Publicador Maranhense* (1861), *A Verdadeira Marmota*, *Semanário Maranhense* (1867), *O Domingo* (1872), *O País* (1885), *Revista Maranhense* (1887), *Diário do Maranhão* (1889), *Pacotilha* (1900), *Federalista* (1903). Escreveu no *Almanaque de Lembranças Brasileiras* (1863,1868) um artigo de título "Minhas impressões de viagem" (1872), um diário intitulado Álbum (1865), várias charadas e enigmas. Compôs músicas clássicas e populares *(Autos de bumba meu boi)*, música dos *Versos da garrafa*[8], atribuído a Gonçalves Dias. Seu biógrafo lhe atribui a primazia feminina na cultura maranhense, no jornalismo, no romance, na poesia, no conto, na música popular e erudita, nos enigmas, nas charadas e nos contos, em jornais da época.

1.2 O Lugar de Maria Firmina na Historiografia Literária Brasileira

Os estudos literários, nos últimos anos, têm passado por diversas transformações. Movimentam-se na tarefa de construir não mais uma história na horizontalidade, mas diferentes histórias com diferentes nuances. Olinto (1986)[9] e François Furet[10] apontam para que se possa ter uma nova

---

[7] Sobre o *Parnaso Maranhense*, Silvio Romero traz a seguinte informação, quando fala do escritor maranhense Trajano Galvão: "De todas as regiões do Brasil, é o Maranhão a mais fácil de estudar sob o ponto de vista literário". Acrescenta: "As três liras contêm as melhores poesias de Trajano, Gentil e Marques Rodrigues". O Parnaso Maranhense, além dos versos destes três, de Odorico, de Gonçalves Dias e de Franco de Sá, traz os de quarenta e seis vates, perfazendo um total de cinquenta e dois poetas. Maria Firmina é arrolada na lista em nota de rodapé. Constam na antologia três poemas da escritora.

[8] Canção presente até os dias atuais em Guimarães, musicada por Maria Firmina dos Reis, letra de Gonçalves Dias. Em 1859, o poeta Gonçalves Dias, por motivo de saúde, foi à Europa; na volta, o navio em que viajava, o *Ville de Boulogne*, naufragou.
Todos se salvaram, menos o poeta. Segundo a tradição popular, ele teria colocado seus últimos versos em uma garrafa que viera dar nas praias de Guimarães (NASCIMENTO, 1975p.s/p).

[9] OLINTO, Heidrun Krieger (Org.). *Histórias de literatura*: as novas teorias alemãs. São Paulo: Ática, 1996.

[10] FURET, François. Da história-narrativa à história-problema. In: *A oficina da história*. Lisboa: Gradiva, s.d

consciência que abrange reflexões críticas sobre o lugar específico da fala do historiador.

Nessa perspectiva, recorre-se a Michel de Certeau, para quem a atitude de construir um objeto de estudo implica, em primeiro lugar, verificar o lugar de onde fala o historiador e do domínio com que realiza a sua investigação. Certeau encara a história como uma operação, o que representa a combinação dos seguintes elementos: um *lugar* social, *práticas* científicas e uma *escrita*. A partir desse lugar, que é um lugar de produção socioeconômica, política e cultural, o historiador estabelece seu percurso e, por conseguinte, objetivos, escolhas metodológicas, fontes e resultados, ou seja, a história "é o *produto* de um *lugar*"[11]. Partindo dessa premissa, não se pode falar em história no singular, haja vista que esse *lugar* de onde fala o historiador não é o mesmo de todos os historiadores e, consequentemente, o *produto* não é único. Sendo assim, o resultado da operação historiográfica é a construção de histórias que evidenciam o próprio processo de elaboração, isto é, o *lugar* é explicitado[12]. Nesse jogo estabelecido entre o dito e o não-dito, é que se propõe verificar o lugar da escritora maranhense Maria Firmina dos Reis nas histórias da literatura nacional, bem como nas de seu estado de origem, produzidas no final dos séculos XIX e XX.

Segundo Regina Zilberman[13], os primeiros registros historiográficos da literatura brasileira aparecem tão logo

---

[11] CERTEAU, Michel de. A operação historiográfica. In: *A escrita da história*. 2. ed. Tradução de Maria de Lourdes Menezes. Rio de Janeiro: Forense Universitária, 2000. p. 65-119.
[12] Id., ibid., p. 73.
[13] ZILBERMAN, Regina. As escritoras e a história da literatura. In: *Antologia em prosa e verso VII*. Santa Maria: Pallotti; Associação Santa-Mariense de Letras, 2001, p. 164-81.

o país se independentiza. Januário Cunha Barbosa, autor do *Parnaso brasileiro*, lançado em 1829, compilou em sua antologia poemas de autores nacionais do passado e do então presente, com o objetivo de conferir visibilidade ao que poderia responder pelo cânone da literatura da emergente nação. Zilberman nos informa que a obra citava algumas escritoras como Beatriz Francisca de Assis Brandão[14] e Delfina Benigna da Cunha[15]. Dez anos depois, Joaquim Norberto de Sousa Silva, em *Bosquejo da história da poesia brasileira*, refere-se às mesmas "poetisas", D. Delfina, D. Beatriz, citando também Maria Josefa Pereira Pinto Barreto. Cerca de vinte anos depois, o autor publica *Brasileiras célebres*, contemplando não só poetisas, mas romancistas e contistas. Zilberman sugere que é preciso que se contextualize o feito dos historiadores com o momento histórico em que se vivia:

> Poder-se-ia afirmar, com base nesses poucos exemplos, que a poesia oriunda de escritoras brasileiras não estava sendo ignorada pelos historiadores da literatura, abrindo-se curioso precedente ideológico. Mas, esses momentos são raros, e parecem explicá-los tão-somente a necessidade, experimentada naquele momento, de encorparem as hostes literárias, carentes de representatividade, vividas, decorrência das dificuldades vividas pelos letrados nascidos no Brasil durante o período colonial (ZILBERMAN, 2001, p.165).

Vários entraves existiram no Brasil colonial, para acelerar o desenvolvimento cultural no país. Somente em 1808, com a chegada da família real no Brasil, o processo de desenvolvimento cultural se instala. À medida que se modificava o sistema literário,

---

[14] 26 Poeta, professora e jornalista, mineira, nasceu em Vila Rica (Ouro Preto) (1779-1868).
[15] Poeta Gaúcha, nasceu em São José do Norte (1791-1857).

desaparecia a menção a escritoras, como se fossem tornando-se descartáveis, tanto as que produziram ficção como poesia.

Zilberman cita três casos paradigmáticos, ou seja, as escritoras e as professoras gaúchas: Ana Eurídice Eufrosina de Barandas, autora de *Ramalhete*, obra composta por textos de natureza diversa, Luciana de Abreu e Maria Benedita Borbann, autora de *Lésbia*. A autora postula que, caso essas escritoras fossem levadas em conta, alterariam o cânone da história da literatura brasileira.

O caso de Maria Firmina dos Reis se enquadra nesse paradigma. Aventurou-se a escrever dentro do contexto que a realidade brasileira impunha à época, somando-se às dificuldades econômicas e geográficas, já que nunca saiu do eixo Guimarães e São Luís (MA). Apesar de estar inserida em uma sociedade patriarcalista e na maioria das vezes seus escritos apresentarem um estilo ultrarromântico – característica da época em que ela viveu –, considerados, à primeira vista, ingênuos e açucarados, essa escritora, como suas contemporâneas, mencionava assuntos negados por escritores do seu tempo e revela uma veia abolicionista, articulada com o contexto das relações econômicas, sociais e culturais da época.

Não é só a obra de Maria Firmina dos Reis que faz com que ela se destaque das suas contemporâneas. Sua vida também é repleta de fatos que demonstram que ela era possuidora de cultura e de consciência política e social fora dos padrões estabelecidos pela sociedade interiorana e escravocrata do século XIX.

Em 1847, ao disputar vaga em concurso, Maria Firmina tornou-se a Primeira Mestra Régia, ou seja, primeira mestra concursada de Guimarães. Por ocasião desse fato, a família da escritora ficou orgulhosa e, querendo homenageá-la, providenciou um palanquim[16], para que ela fosse transportada pelas ruas de São Luís, com destino à cerimônia de entrega do Ato de Nomeação. Exclamou que "ia a pé porque negro não era animal para andar montado em cima dele"[17]. Poderia ter aceitado, se não possuísse o ideal libertário, pois consta que a tia, com a qual havia morado, tinha posses e escravos. Certa vez, escreveu os seguintes versos para as filhas de Guilhermina, escrava de sua tia materna: "São duas flores formosas / as filhas de Guilhermina: / uma é mesmo uma rosa. / E a outra uma bobina".(MORAIS FILHO,1975).

Heloísa Buarque de Hollanda[18] afirma que, entre meados do século XIX e o primeiro decênio do século XX, houve um crescimento quantitativo da participação da mulher na literatura, aumento atribuído ao surgimento da imprensa, que possibilitou a criação de várias publicações dirigidas e editadas por mulheres. Elas agiam impulsionadas pelos movimentos feministas e por campanhas republicanas de educação da mulher para a promoção de uma nação brasileira *educada, saudável, branca e moderna*.

A expressão destacada acima (grifos nossos), deixa clara a exclusão do negro na ideologia das campanhas republicanas. Os adjetivos "educado", "saudável" e "moderno" não combinam com o negro marginalizado, que é alvo tão-somente de adjetivos relacionados à negatividade.

Em um contexto em que poucas mulheres eram alfabetizadas e tinham acesso à educação, a publicação do romance *Úrsula*, em

---

[16] Cadeira em que os escravos carregavam os nobres.
[17] MORAIS FILHO, José Nascimento. *Maria Firmina dos Reis – fragmentos de uma vida*. São Luís: Governo do Estado do Maranhão, 1975.
[18] HOLLANDA, Heloísa Buarque de. *Ensaístas brasileiras*: mulheres que escreveram sobre literatura e artes de 1860 a 1991. Rio de Janeiro: Rocco, 1993, p. 18.

1859, mesmo que conste em alguns periódicos maranhenses do século XIX, que o livro só começa a circular oficialmente em 1860[19], tal feito de Maria Firmina dos Reis, por si é uma exceção no cenário literário de então. A singularidade do fato faz-se também tendo em vista que São Luís, em meados do século XIX, era culturalmente dominada por latinistas e helenistas e cognominada a "Atenas brasileira".

No entanto, a situação do ensino era precária, como, aliás, em todo o império. Em 1857, entre os alunos de aulas públicas e particulares na província, havia 1849 meninos e 347 meninas cursando o primário e uns 200 alunos no secundário[20]. Em 1859, ano da publicação de *Úrsula*, de Maria Firmina dos Reis, a situação não era diferente; no ensino primário, havia um total de 2115 masculinos e 433 femininos; no secundário, apenas 200. As oportunidades de estudo para as moças eram mínimas. Seus contemporâneos, tais como Antônio Gonçalves Dias (1823-1864), Trajano Galvão de Carvalho (1830-1864), Celso da Cunha Magalhães (1849-1879), e muitos outros escritores românticos nascidos no Maranhão estudaram em Coimbra, Paris, Estados Unidos, enquanto sua conterrânea estudara sozinha.

É difícil, pela documentação, conhecermos as leituras de Maria Firmina dos Reis, mas, como fez traduções do francês para publicações, é provável que dominasse esse idioma. Em seus poemas, encontram-se também epígrafes em francês[21]. Rastreando suas obras, podemos constatar marcas de George Gordon Byron,

---

[19] Ver em: GOMES, Agenor. *Maria Firmina dos Reis e o cotidiano da escravidão no Brasil*. São Luís: Academia Maranhense de Letras, 2022 - DIOGO, Martins Luciana -In. A primeira resenha de Úrsula na imprensa maranhense no Portal -https://mariafirmina.org.br.

[20] MARQUES, César Augusto. *Dicionário histórico, geográfico, topográfico e estatístico da Província do Maranhão*. São Luís: s.n. 1870.

[21] Je t'aime! O ma vie" (Byron). Apud MORAIS FILHO, José Nascimento. *Maria Firmina dos Reis – fragmentos de uma vida*. São Luís: Governo do Estado do Maranhão, 1975.

de Bernardin de Saint-Pierre, de Harriet B. Stowe, de Louis de Larmatine, de Willian Shakespeare, de Almeida Garret, entre outros. Esses dados são reveladores da leitora que ela foi. Nos excertos de seu *Álbum*[22] ou, como se denomina na escritura literária, diário, cujo título é *Resumo de minha vida,* apresenta seu posicionamento crítico acerca da educação patriarcal que provavelmente recebera.

> De uma compleição débil e acanhada, eu não podia deixar de ser uma criatura frágil, tímida e, por consequência, melancólica: uma espécie de educação freirática veio dar remate a estas disposições naturais. Encerrada na casa materna, que só conhecia o céu, as estrelas e as flores que minha avó cultivava com esmero; talvez por isso eu tanto amei as flores; foram elas o meu primeiro amor. Minha irmã... minha terna irmã e uma prima querida foram as minhas únicas amigas de infância; e, nos seus seios, eu derramava meus melancólicos e infantis queixumes; por ventura sem causa, mas já bem profundos [...] Vida!... Vida, bem penosa me tens sido tu! Há um desejo, há muito alimentado em minha alma, após o qual minha alma tem voado infinitos espaços e este desejo insondável e jamais satisfeito, afagado, e jamais saciado, indefinível, quase que misterioso, é, pois, sem dúvida, o objeto único de meus pesares infantis e de minhas mágoas. Eu não aborreço os homens, nem o mundo, mas há horas e dias inteiros que aborreço a mim própria (MORAES FILHO, 1975, s/p).

Por não concordar com a educação freirática, que promovia a desigualdade entre meninos e meninas, a autora maranhense, na condição de professora, em 1880, criou uma sala de aula gratuita para crianças de ambos os sexos que não pudessem pagar. Decidiu

---

[22] Pequenos textos, a maioria versando sobre a dor da partida. O tom que domina é o elegíaco. É uma autobiografia intitulada "Resumo de Minha Vida". Os textos são datados de 9 de janeiro de 1853 e 1º de abril de 1903. Como informa o senhor Leude Guimarães, filho adotivo da escritora, os documentos da sua mãe, que estavam em seu poder, foram roubados de um baú, em um hotel em São Luís, restando apenas parte do diário. O pesquisador Nascimento Morais, de posse das informações e do restante dos manuscritos, publicou-os junto à obra de resgate da escritora. Maria Firmina dos Reis (Nascimento Morais. *Maria Firmina dos Reis: fragmentos de uma vida*). No entanto, Luiza Lobo (*Crítica sem juízo*. Rio de Janeiro: Francisco Alves, 1993. p. 222-238) questiona que o Álbum esteja incompleto. Para ela, esse parece ter forma originalmente entrecortada e descontinua. Ao ser publicado, foram invertidas as páginas.

fazer isso um ano antes de se aposentar, com trinta e quatro anos de magistério público oficial. Estava então com 54 anos. Conhecidos seus contam que, toda manhã, subia em um carro de bois para dirigir-se a um barracão de propriedade de um senhor de engenho onde lecionava para as filhas do proprietário. Levava consigo alguns alunos, outros se juntavam. Uma antiga aluna, em depoimento de 1978, conta que a mestra era enérgica, falava baixo, não aplicava castigos corporais nem ralhava, mas aconselhava.

Era estimada pelos alunos e pela população da vila. Reservada, mas acessível, toda passeata dos moradores de Guimarães parava em sua porta. Davam vivas, e ela agradecia com um discurso improvisado[23]. Os que a conheceram, quando tinha cerca de 85 anos, descreveram-na como sendo pequena, parda, de rosto arredondado, olhos escuros, cabelos crespos, grisalhos, presos na altura da nuca. Nessa época, ainda escrevia durante horas. Nas anotações de seus cadernos, ela afirma "que ninguém a conhece bem porque não se dá a conhecer".

Por detrás dessa figura plácida e acessível, havia uma mulher torturada. Conta que, quando jovem, sonhara com um futuro radiante e belo, mas que as ilusões foram se desfazendo e levaram-na à amargura. O meio ambiente gélido não respondeu a seus anseios; o amor considerava paixão funesta. O "mundo um espelho impassível, cruel" desfez sonhos, apagou o ardor da mente, matou a esperança. A vida lhe foi bem penosa e os desejos jamais satisfeitos.

> Amo a noite, o silêncio, a harmonia do mar, amo a hora do meio-dia, o crepúsculo mágico da tarde, a brisa aromatizada da manhã [...] amo o

---

[23] MORAIS FILHO, José Nascimento. *Maria Firmina dos Reis – fragmentos de uma vida*. São Luís: Governo do Estado do Maranhão, 1975.

afeto de uma mãe querida, as amigas [...] e amo a Deus; e ainda assim não sou feliz, porque insondável me segue, me acompanha, esse querer indefinível (MORAES FILHO, 1975, p.s/p).

Com o objetivo de rastrear o processo de inclusão e de exclusão da escritora Maria Firmina dos Reis na historiografia literária nacional, foram selecionadas, como fontes documentais, histórias da literatura brasileira do século XIX: de Sílvio Romero *(História da literatura brasileira)*[24] e de José Veríssimo *(História da literatura brasileira: de Bento Teixeira* (1601) *a Machado de Assis)* (1908)[25]. As do século XX foram as de Ronald de Carvalho, *Pequena história da literatura brasileira*[26]; Lúcia Miguel Pereira, *História da literatura brasileira:* prosa de Ficção (1870-1920)[27]; Afrânio Coutinho, *A literatura no Brasil;* Antonio Cândido, *Formação da literatura brasileira (momentos decisivos)*[28]; Massaud Moisés– *História da literatura brasileira: das origens ao Romantismo*[29]; Alfredo Bosi, *História concisa da literatura brasileira*[30]; Wilson Martins, *História da inteligência brasileira*[31] e Luciana Stegagno, *História da literatura brasileira*[32].

Sendo assim, objetiva-se identificar e analisar os rastros da escritora na historiografia literária brasileira. Como foram escritas em momentos diferentes, trazem, em seu cerne, também, diferentes

---

[24] ROMERO, Sílvio. *História da literatura brasileira*. (t. 3 – Transição e romantismo). 5. ed. Rio de Janeiro: José Olympio, 1953, p.997-1028 (1. ed. 1888).
[25] VERISSIMO, José. *História da literatura brasileira*: de Bento Teixeira (1601) a Machado de Assis (1908). 4. ed. Brasília: UNB, 1963 (1ª edição datada de 1916).
[26] CARVALHO, Ronald de. *Pequena história da literatura brasileira*. 11. ed. Rio de Janeiro: F. Briguiet & Cia Editores, 1958 (1. ed. 1919).
[27] PEREIRA, Lúcia Miguel. *História da literatura brasileira: prosa de ficção.* (1870-1920). A literatura no Brasil. 3. ed. rev. atual. Rio de Janeiro: J. Olympio, 1986. 6 v.
[28] CANDIDO, Antonio. *Formação da literatura brasileira* (momentos decisivos). 5. ed. São Paulo: USP; Belo Horizonte: Itatiaia, 1955. 2 v.
[29] MOISÉS, Massaud. *História da literatura brasileira*. v. 1: Das origens ao romantismo. São Paulo: Cultrix, 2001. (1. ed. 1984).
[30] BOSI, Alfredo. *História concisa da literatura brasileira*. 37. ed. São Paulo: Cultrix, 2000 (1. ed. 1970). São Paulo: Cultrix, 2001. (1. ed. 1984).
[31] MARTINS, Wilson. *História da inteligência brasileira*. v. 6: 1855-1872. 2. ed. São Paulo: Cultrix, 1977.
[32] PICCHIO, Luciana Stegagno. *História da literatura brasileira*. Rio de Janeiro: Nova Aguilar, 2004.

concepções. O rastreamento será através da verificação do nome da escritora no sumário, tornando mais fácil a sua identificação. No entanto, recorre-se também ao índice onomástico nas histórias literárias dos historiadores, já que, somente pelo sumário, os dados ficariam incompletos, pois nenhum historiador faz referência à escritora a partir do sumário.

Dos autores analisados, somente Sílvio Romero e Wilson Martins mencionam a escritora, registrando-a no índice onomástico. Romero inclui ainda em sua história, pelo mesmo processo que citou Maria Firmina, as escritoras Delfina Benigna da Cunha, Nísia Floresta Brasileira Augusta e, por último, Narcisa Amália. A referência a Maria Firmina dá-se ao enumerar os 52 escritores que fazem parte do Parnaso Maranhense em uma nota de rodapé, no qual a autora participa com três poemas (ROMERO, 1953, p. 379).

O historiador Wilson Martins a inclui em sua *História da inteligência brasileira,* no item intitulado "A escalada romântica", ao falar sobre o pastorilismo:

> Na Bahia, prossegue a voga do pastorilismo romântico, com o "romance" de Constantino Gomes de Sousa (1827 – 1875). Apenas para registro, mencionaremos, no mesmo ano, *A Filósofa do Amor,* de Ana Eurídice Eufrosina de Barandas
> [?/?], precursora, com Delfina Benigna da Cunha, das letras femininas no Rio Grande do Sul. [...] *Devem ser deste mesmo ano ou de pouco mais tarde os Cantos à Beira-mar, de Maria Firmina dos Reis (1825-1881), impressos em São Luís do Maranhão* (grifo nosso), (MARTINS 1992, p. 319-320).

Martins cita, sem muita certeza, se realmente é de Maria Firmina dos Reis e se o nome dela está correto. A locução verbal "Devem ser" deixa para o leitor: dúvida? Descaso? A título de observação, *Cantos à beira-mar,* de Maria Firmina do Reis (1825-1917), foi publicado em 1871. Equívocos assim têm acontecido na história da literatura brasileira, a exemplo de Sacramento Blake, que fez um verbete sobre *Narcisa de Villar*[33], confundindo o título com o pseudônimo da autora. Em uma outra edição da obra do historiador, são acrescentados novos dados sobre Maria Firmina do Reis, com mais equívocos, estendendo-se a outras escritoras, mencionadas na citação:

> No Maranhão, Maria Firmina dos Reis (1825-1881), autora também de a *Escrava,* publicou o romance *Úrsula,* apontado incorretamente como o primeiro do Gênero escrito por uma mulher no Brasil. Antes dela, como vimos anteriormente, seria preciso considerar Nísia Floresta com *Daciz* ou *A Jovem completa* (1847) e *Dedicação de uma amiga 1850,* ainda que excluíssemos da competição, aliás sem maior interesse, A *Filosofia por Amor* de Eufrosina Barandas, no qual há páginas de ficção (1845), e a *Lição a meus filhos* (1854), de Idelfonsa Lara que são dois contos em verso (MARTINS 1977. p. 94).

O historiador, questionando o pioneirismo de Maria Firmina dos Reis no romance brasileiro de autoria feminina, novamente comete equívocos, dessa vez, em relação às escritoras: Nísia Floresta, Ana Eurìdice Eufrosina de Barandas, autora de *Ramalhete,* e Ildelfonsa Laura César. Na primeira, denomina como sendo romances os ensaios *Daciz* ou A Jovem completa (1847) e *Dedicação de uma amiga (1850).* Sobre as duas últimas, faz o registro das obras e os

---

[33] D. Narcisa de Villar, obra da escritora catarinense Ana Luiza de Azevedo Castro publicada em 1859, usando o pseudônimo: a Indígena do Ipiranga. Ver: MUZART, Zahidé Lupinacci (Org.). Escritoras brasileiras do século XIX.: antologia. Florianópolis: Mulheres, Santa Cruz do Sul: Edunisc, 2000. v. 1, p. 250-265. Conforme nos informa Massaud Moisés (História da literatura brasileira: das origens ao romantismo. 5. ed. 2001. p. 549), o escritor gaúcho Múcio Teixeira, em sua obra, atribuiu a autoria de Nebulosas de Narcisa Amália a um poeta da geração de 1870. Ver: LOBO, Luiza. Maria Firmina dos Reis. In: Guia de escritoras da Literatura Brasileira. Rio de Janeiro, Eduerj/Faperj, 2006. P. 193-196. 289 p.

nomes das escritoras com a grafia incorreta, bem como a classificação da tipologia de seus textos[34].

Verificando o conjunto da obra aqui analisada, é possível encontrar ainda escritoras pelo índice onomástico, como, por exemplo: Narcisa Amália, Júlia Lopes de Almeida, Francisca Senhorinha de Mota Diniz, Gilka Machado, Dóris Beviláqua[35], Maria Clara Vilhenha, Nísia Floresta, Raquel de Queiroz, Clarice Lispector e outras, não chegando a totalizar vinte escritoras.

Nota-se total silêncio em relação à escritora nas histórias literárias de José Veríssimo, Ronald de Carvalho, Afrânio Coutinho, Lúcia Miguel Pereira, Antônio Cândido, Alfredo Bosi, Massaud Moisés, Luciana Stegagno Picchio. Com relação aos historiadores, somente Ronald de Carvalho e José Veríssimo não registram nenhum nome de escritoras. Antônio Cândido, em sua história da literatura, faz referência a um baixo percentual de escritoras, incluindo somente Narcisa Amália. Lúcia Miguel Pereira destaca Júlia Lopes de Almeida no sumário, mas menciona Adelina Lopes Vieira, Margarida da Horta e Silva e Raquel de Queiroz. Maria Firmina poderá ou não estar incluída dentre as doze, já que a historiadora não as identificou como é mostrado a seguir:

> Embora tivesse, ainda no século dezoito, tido em Margarida da Orta e Silva uma precursora, a ficção não conta entre nós, no período aqui estudado, muitas mulheres. Apenas doze nomes foram revelados em uma busca cuidadosa em dicionários bibliográficos, obras críticas,

---

[34] A obra da escritora norte-rio-grandense Nísia Floresta, a que o autor da citação se refere, *Daciz ou A jovem completa*, não é considerado romance. Sobre a escritora gaúcha Ana Eurídice Eufrosina de Barandas, Martins diz ser "Eufrosina" o primeiro nome e a obra a qual ele se refere é *Eugênia ou A filósofa apaixonada*, texto em prosa que faz parte da única obra da autora, *Ramalhete ou flores escolhidas no jardim da imaginação*, publicado em 1845, coletânea de textos em prosa e verso. Quanto à escritora baiana Ildelfonsa Laura César, a obra citada é um texto de seis páginas, composta de versos dedicados à sua filha, publicado em 1843. Ver: MUZART, Zahidé Lupinacci (Org.). *Escritoras brasileiras do século XIX*. Florianópolis: Mulheres; Santa Cruz do Sul: Edunisc, 2000. p. 145-193.

[35] Filha da escritora piauiense Amélia Beviláqua.

> velhos catálogos de livrarias, jornais e revistas, e dessa dúzia muito poucos chegaram até nós; esgotados os livros que não existem nem mesmo na Biblioteca Nacional, temos que aceitar como definitivo o juízo dos contemporâneos, tácito no silêncio que se fez em torno da maioria dessas escritoras, registradas tão somente por Sacramento Blake. E mesmo uma e outra citada pelos críticos do momento, como Adelina Lopes Vieira ou Georgeta de Araújo, não se pode dar lugar na história (PEREIRA, 1950, p. 265).

No discurso da historiadora, há várias incongruências. Pelo recorte de tempo utilizado, já existiam mais de doze escritoras no Brasil, tanto produzindo ficção como poesia[36]. Apontar Blake como única fonte de referência é ignorar Januário da Cunha Barbosa e tantos outros inseridos no período pesquisado pela historiadora. Concordar e ainda conclamar seus leitores a aceitarem o silêncio tácito em relação à ausência das escritoras, na historiografia brasileira, constitui o maior equívoco.

Os demais historiadores registram as escritoras tanto no sumário, quanto no índice onomástico. Afrânio Coutinho, por exemplo, menciona, no sumário, Francisca Júlia, Gilka Machado, Raquel de Queiroz, Nélida Piñón e Clarice Lispector. Pelo índice, inclui Narcisa Amália e muitas outras na vertente contemporânea como, por exemplo, Cecília Meireles e Maria Clara Machado.

O percurso seguido por Alfredo Bosi é diferente do da historiadora Lúcia Miguel de Pereira, ao nomear quatro autoras no sumário: Francisca Júlia, no Realismo; nas tendências contemporâneas, dá ênfase a Ligia Fagundes Telles, Clarice Lispector, Maria Alice Barroso. Inclui outras, nesse mesmo tópico, classificadas pelo

---

[36] MUZART, Zahidé Lupinacci (Org.). *Escritoras brasileiras do século XIX*. Florianópolis: Mulheres; Santa Cruz do Sul: Edunisc, 2000. p. 264-287.

índice onomástico, tais como: Cecília Meireles, Henriqueta Lisboa, Hilda Hilst, Renata Pallottini, Lélia Coelho Frota, Celina Ferreira, Ruth Silva de Miranda, Maria da Saudade. Por sua vez, Massaud Moisés nomeia um número significativo de escritoras no sumário em sua história como Cecília Meireles, Lygia Fagundes Telles, Clarice Lispector, Raquel de Queiroz. As demais, pelo índice de nomes: Auta de Sousa, Júlia Lopes de Almeida, Lourdes Teixeira, Diná Silveira de Queirós, Maria Alice Barroso, Nélida Piñón, Hilda Hilst, Renata Pallottini, Ana Cristina César, Adélia Prado, Márcia Denser, Olga Savary, Dora Parente Silva, Ana Miranda, entre outras.

Por último, Luciana Stegagno Picchio evidencia Tereza Margarida da Silva Horta, Raquel de Queiroz, Cecília Meireles, Clarice Lispector. A historiadora arrola outras escritoras como: Lya Luft, Patrícia Melo, Lélia Coelho Frota, Myriam Fraga, Neide Arcanjo, Olga Savary, Adélia Prado, Zélia Gattai, dentre outras.

Além das citadas, a partir do sumário, encontram-se outras mencionadas no índice onomástico, como Júlia Lopes de Almeida, Maria Ângela Alvim, Narcisa Amália, Diná Silveira de Queirós, Renata Pallottini, Leila Assunção. Destaca a inclusão, no final do século XX, de três grandes damas da literatura brasileira, consagradas pelo acolhimento na Academia Brasileira de Letras: Rachel de Queiroz, Lygia Fagundes Telles e Nélida Piñón.

Na história da literatura maranhense, o silêncio em relação à escritora foi tema do prólogo do crítico Horácio Almeida[37], autor da edição *fac-símile* de Úrsula, a qual dá origem às posteriores. Em 1975, lamenta, em seu texto, a ausência da escritora nas histórias literárias

---

[37] Doou ao Governo do Maranhão uma cópia do romance *Úrsula* adquirido em sebo. A partir dessa cópia foi feita a edição fac-similar. Esse exemplar foi perdido.

brasileiras: "são pouquíssimas as referências e o destaque dados a ela, nem mesmo nas obras publicadas pelos seus conterrâneos".

Antônio Henriques Leal, o autor do *Panteon Maranhense*, faz a relação dos mais ilustres literatos da terra, colocando, ao lado deles, muitos nomes, segundo Nascimento de Morais, de produção literária questionável. A única referência que faz a Maria Firmina aparece em uma nota bibliográfica: "ela escrevera, em seus *Cantos à beira-mar* e uma nênia a memória de Gonçalves Dias, uma das glórias do Maranhão", no dizer de Henriques Leal. Francisco Sotero dos Reis publicou, em 1868, seu *Curso de literatura portuguesa e brasileira*[38] e deixa sua contemporânea de fora, limitando-se aos escritores do Classicismo português, como Camões, Sá de Miranda, dentre outros, e aos brasileiros, como: Santa Rita Durão e Gonçalves Dias.

Mais de um século depois, o historiador Mário Meireles (1955). escreve seu *Panorama da literatura maranhense*, classificando os autores por escola, por século, arrolando-os com a transcrição de excertos, como os do Padre Antônio Vieira, Bernardo de Barreto, José Pereira da Silva, Gonçalves Dias, Sotero dos Reis, Galvão Trajano, João Lisboa, Gentil Braga, Artur Azevedo, Sousândrade, Coelho Neto, Catulo da Paixão Cearense, Viriato Correia e Josué Montello, entre outros. A escritora Maria Firmina ficou de fora da seleção feita pelo historiador dos escritores maranhenses que produziram entre os séculos XVI e XX.

A recuperação da obra da escritora maranhense Maria Firmina dos Reis tem início a partir da pesquisa de Nascimento

---

[38] REIS. Francisco Sotero dos. Curso de literatura portuguesa e brasileira. Maranhão, 1868.

Moraes Filho, no final do século XX. Ele conta como aconteceu a descoberta da autora no ano de 1973.

> Descobrimo-la, casualmente, em 1973, ao procurar nos bolorentos jornais do século XIX, na "Biblioteca Pública Benedito Leite", textos natalinos de autores maranhenses para nossa obra, "Esperando a Missa do Galo". Embora participasse ativamente da vida intelectual maranhense publicando livros ou colaborando quer em jornais e revistas literárias quer em antologias – "Parnaso Maranhense" – cujos nomes foram relacionados; em nota, sem exceção, por Silvio Romero, em sua História da Literatura Brasileira, registrada no cartório intelectual de Sacramento Blake – o "Dicionário Bibliográfico Brasileiro" – com surpreendentes informações, quase todas ratificadas por nossa pesquisa, Maria Firmina dos Reis, lida e aplaudida no seu tempo, foi como que por amnésia coletiva totalmente esquecida: o nome e a obra! (MORAES FILHO, 1975, p. s/p).

Segundo Nascimento, a causa do espanto e da curiosidade deu-se, principalmente, por duas indagações: quem era aquela mulher que no século passado já escrevia em jornais, e por que ele, assim como tantos outros intelectuais, não a conhecia e não tinha nenhum conhecimento sobre a obra dessa precursora? Assim intrigado, começou a pesquisar. Mais surpreso ainda ficou ao constatar que a escritora havia sido completamente esquecida. Seu nome e sua obra não eram mencionados em nenhuma parte.

Como ele comprova em sua pesquisa, até aquela data, a escritora só constava nos jornais maranhenses em que publicava. Sua biografia continuava envolta em mistério, salvo as referências de Sacramento Blake[39], em seu dicionário, informações que o

---

[39] MORAIS FILHO, José Nascimento. *Maria Firmina dos Reis – fragmentos de uma vida*. São Luís: Governo do Estado do Maranhão, 1975.
Ver em : GOMES, Agenor. *Maria Firmina dos Reis e o cotidiano da escravidão no Brasil*. São Luís: Academia Maranhense de Letras, 2022, registro sobre Maria Firmina dos Reis no *Dicionário Bibliográfico Português* de Inocêncio Francisco da Silva editado em Lisboa no século XIX.

orientaram na pesquisa. Dessa forma, Morais descobriu que Maria Firmina dos Reis não somente escrevera em jornais, mas também publicara livros, sendo que o primeiro deles, Úrsula, foi tido a princípio como precursor do romance escrito por uma mulher no Brasil. Hoje, pode-se dizer que o *Úrsula* é tido pela crítica como romance precursor de autoria feminina escrito por uma mulher afrodescendente, no Maranhão, no Brasil e América Latina[40].

Com a realização das pesquisas, o historiador publica, em 11 de outubro de 1975, por ocasião do sesquicentenário do aniversário de nascimento da escritora, o livro *Maria Firmina dos Reis – fragmentos de uma vida*. A coletânea é composta de hinos, letras de músicas, contos, vários poemas e fragmentos de um diário, artigos de jornais.

A partir de então, a escritora foi sendo, aos poucos, resgatada e, por ocasião do seu Sesquicentenário, ocorreu uma série de homenagens em São Luís. Conforme conta Nascimento Morais (1975), a escritora Maria Firmina dos Reis foi homenageada com uma rua e um colégio com o seu nome, e um selo comemorativo foi lançado pelos correios. Um busto de bronze foi erigido na Praça do Pantheon, localizada em frente à Biblioteca Pública Benedito Leite, junto aos bustos de intelectuais maranhenses: Gonçalves Dias, Josué Montello, Graça Aranha, Aluízio Azevedo, entre outros. O dia 11 de outubro, data do nascimento de Maria Firmina, também passou a ser o Dia da Mulher Maranhense, em homenagem à escritora. Em virtude da nova data de nascimento da escritora até a presente data as autoridades governamentais ainda não revogaram a portaria que homenageia a Maria Firmina dos Reis.

---

[40] Ver: http://www.letras.ufmg.br/literafro/autoras/322-maria-firmina-dos-reis.

A presença da escritora Maria Firmina dos Reis, e, principalmente, a recepção do romance *Úrsula*, podem ser verificadas pelos jornais maranhenses da segunda metade do século XIX e início do século XX, como demonstram as notas que seguem:

> Obra nova – com o título *Úrsula* publicou a Sra. Maria Firmina dos Reis um romance nitidamente impresso que se acha à venda na tipografia Progresso.
> Convidamos aos nossos leitores a apreciarem essa obra original maranhense que, conquanto não *seja perfeita*, revela muito talento na autora e mostra que, se não lhe faltar animação, poderá produzir trabalhos de maior mérito. O estilo fácil e agradável, a sustentação do enredo e o desfecho natural e impressionador põem patentes, neste belo ensaio, dotes que devem ser cuidadosamente cultivados. É pena que o *acanhamento mui desculpável* da novela escrita não desse todo o desenvolvimento a algumas cenas tocantes, como *as da escravidão*, que tanto pecam pelo modo abreviado com que são escritas.
> [...] A não desanimar a autora na carreira que tão brilhantemente ensaiou, poderá para o futuro, dar-nos belos volumes.
> Úrsula – Acha-se à venda na tipografia Progresso este romance original brasileiro, produção da exma. Maria Firmina dos Reis, professora pública em Guimarães. Saudamos a nossa provinciana pelo seu ensaio que revela de sua parte bastante ilustração: e, com mais vagar emitiremos a nossa opinião que, desde já afiançamos não será desfavorável à nossa distinta comprovinciana (grifos nossos).
> [...] Raro é ver o belo sexo entregar-se a trabalhos do espírito e deixando os prazeres fáceis do salão propor-se aos afãs das lides literárias.
> Quando, porém, esse ente, que forma o encanto da nossa peregrinação na vida, se dedica às contemplações do espírito, surge uma Roland, uma Stael, uma Sand, uma H. Stowe, que *vale cada delas mais do que bons escritores;* porque reúnem à graça do estilo, vivas e animadas imagens, e esse sentimento delicado que só o sexo amável sabe exprimir. Se é, pois, cousa peregrina ver na Europa, ou na América do Norte, uma mulher, que, *rompendo a círculo de ferro traçado pela educação acanhada que lhe damos, nós os homens e, indo por diante de preconceito, apresentar-se no mundo, servindo-se da pena* e tomar assento nos lugares mais proeminentes do

banquete da inteligência, mais grato e singular é ainda ter de apreciar um talento formoso e dotado de muitas imaginações, despontando no nosso céu do *Brasil, onde a mulher não tem educação literária, onde a sociedade dos homens de letra é quase nula* (grifos nossos) (MORAES FILHO, 1975, p. s/p).

Para Nascimento Morais, o aparecimento do romance *Úrsula*, na literatura pátria, foi um acontecimento festejado por todo o jornalismo e pelos "nossos homens de letras, não como por indulgência, mas como homenagem rendida a uma obra de mérito". Morais evidencia ainda em relação ao romance Úrsula: "As suas descrições são tão naturais, e poéticas, que arrebatam; o enredo é tão intrincado que prende a atenção, do leitor. O diálogo é animado e fácil; os caracteres estão bem desenhados como os de Túlio, do Comendador, de Tancredo e de Úrsula." A título disso, foi publicado um artigo não assinado, na *Verdadeira Marmota*, que diz: "a autora, da Vila de Guimarães, revelou grande talento literário, porquanto com poucos e acanhadíssimos estudos, ainda menos leitura do que há de bom e grandioso na literatura francesa e inglesa, o que fez, deve-o a si, a seu fértil e prodigioso engenho, e a mais ninguém". Segue o excerto:

> Oferecemos hoje aos nossos leitores algumas de suas produções, que vêm dar todo o brilho e realce à nossa "Marmota" que se ufana de poder contar doravante com tão distinta colaboradora que servirá, por certo, de incentivo às nossas belas, que talvez, com o exemplo, cobrem ânimo e se atrevam a cultivar tanto talento que anda acaso aí oculto[41]. [...] A poesia é o dom do céu, e a ninguém dotou mais largamente a divindade do que ao ente *delicado, caprichoso e sentimental – a mulher.* O belo sexo não deve ser segregado de tão divina arte – os encantos e ornatos do espírito são sua partilha; tome a senda que lhe abre com

---

[41] A VERDADEIRA Marmota, a Autora de Úrsula. 13 maio 1961. Apud MORAIS FILHO, José Nascimento. *Maria Firmina dos Reis – fragmentos de uma vida.* São Luís: Governo do Estado do Maranhão, 1975.

tão bons auspícios, rodeada de aplausos merecidos, D. Maria Firmina dos Reis, e siga-lhe os brilhantes vôos.

A todos, em geral, novamente suplicamos que continuem a prestar sua valiosa proteção em prol deste jornal, que em nada tem desmentido o seu programa; e cujas páginas continuam à disposição daqueles que querem honrá-las com seus escritos.

Um motivo mui poderoso obriga-nos ainda a fazer esta súplica, digna por certo de ser atendida.

Existe em nosso poder, com destino a ser publicado no nosso jornal, um belíssimo e interessante ROMANCE, primoroso trabalho da comprovinciana, a Exma. Sr. D. Maria Firmina dos Reis, professora pública da vila de Guimarães, cuja publicidade tencionamos dar princípio do nº 25 em diante.

Garantimos ao público a beleza da obra e pedimos-lhe a sua benévola atenção. A pena da Exma. Sr. D. Maria Firmina dos Reis já é entre nós conhecida e convém muito animá-la a não desistir da empresa encetada. Esperamos, pois, à vista das razões expedidas, que as nossas súplicas sejam atendidas; afiançando que continuemos defendendo *o belo e amável sexo* – quando injustamente for agredido. *Salus et pax* (grifos nossos) (MORAES FILHO, 1975, p. s/p).

Maria Firmina dos Reis decerto foi incentivada e bem recebida no meio literário maranhense. Em alguns comentários, a delicadeza (incapacidade?) é atribuída às mulheres. Percebe-se essa visão através de alguns termos destacados das críticas citadas, que substituem o nome mulher pelos adjetivos: belo sexo, ente delicado, caprichoso e sentimental, belo e amável sexo de sentimento delicado. *A Verdadeira Marmota* diz que é raro ver a mulher preferir cultuar o espírito aos prazeres do salão. Por outro lado, faz parte do estilo da época dispensar esses atributos à mulher. Ao afirmar que, se escritoras causam estranheza na Europa ou nos Estados Unidos, no Brasil, onde a mulher não tem quase educação literária e os homens também, tal feito é uma singularidade.

Em relação às críticas feitas à escritora maranhense não há registro de quem as escreveu. É dito, na *Verdadeira Marmota*, que o livro foi "festejado por todo o jornalismo e pelos homens de letras". A apreciação das mulheres é ignorada, conforme consta em Nascimento Morais, 1975[42].

Durante certo tempo, foram levantadas algumas controvérsias sobre Maria Firmina ter sido ou não a primeira escritora a publicar romance no Brasil. Esta ideia tem sido questionada pela crítica, que atribui a outras autoras a primazia. Comprovado está, até o presente momento, que Maria Firmina é a precursora da ficção afro-brasileira feminina. O crítico Wilson Martins, em sua obra, *História da inteligência brasileira*, questiona a indicação da autora Teresa Margarida da Silva Orta[43] como precursora do romance brasileiro de autoria feminina.

> Nasceram, no Brasil, Teresa e o irmão Matias Aires Ramos da Silva de Eça) é verdade, mas aí termina toda a sua brasilidade. [...] estrangeiros em relação ao Brasil, quer dizer, estranhos à sua vida intelectual própria e sem qualquer ligação específica com ela (MARTINS, 1992, p. 368.)

A esse respeito, Josué Montello escreveu também um artigo, "A primeira romancista brasileira", publicado no *Jornal do Brasil*, em 11 de novembro de 1975, e republicado em Madri, Espanha, com o título *La primera novelista brasileña*:

> La primera Novelista Brasileña[44]
> Maria Firmina dos Reis es, realmente, la primera novelista brasileña.

---

[42] Artigo publicado no Jardim dos Maranhenses, ano 1, n. 24. 30 set. 1861.
[43] Nasceu no Brasil e mudou-se para Portugal aos cinco anos. Publicou em Portugal as *Aventuras de Diófanes*, em 1752.
[44] Parte do artigo de Josué Montello sobre Maria Firmina, republicado em Madri, Espanha, com o título La primera novelista brasileña, na Revista de Cultura Brasileña, n. 41, jun. 1976. Há divergência nesse artigo quanto a data de nascimento de Maria Firmina dos Reis em relação ao mês (Grifo nosso).

> Porque si bien hay el antecedente de Teresa Margarida da Silva Orta, hermana de Matias Aires, autora famosa de las Aventuras de Diófanes, libro publicado por primera vez en Lisboa en 1752 con el seudónimo de Dorotea Eugrassia Tavareda Dalmira, bajo el modelo de las Aventuras de Telémaco tal y como sugiere su título ese libro no constituye materia específica en cuanto a su autor se refiere, y por otra parte, como bien señala Antônio de Oliveira, no es un libro de temas brasileños. Todo lo que se sabía de Maria Firmina dos Reis antes de los estudios de estos dos investigadores marañenses se limitaba a una breve nota en el sexto volumen del Diccionario Bibliográfico Brasileiro, de Sacramento Blake. La escritora nació en São Luiz do Maranhão el 11 de noviembre de 1825 y fue profesora de primeras letras en una escuela del interior de aquel Estado. Sin indicar fechas de publicación, Sacramento Blake registra tres libros de Maria Firmina: Cantos a Beira Mar, Poesias y dos novelas, Ursula y A Escrava (MONTELLO, 1976, p.76-87).

No decorrer das análises das histórias literárias, foi possível observar o jogo entre o dito e o não-dito em relação à autora maranhense. Percebe-se que recuperar o percurso da escritora Maria Firmina do Reis em histórias da literatura brasileira dos séculos XIX e XX não é tarefa fácil. Segundo postula Paul Ricouer, os rastros deixados no passado marcam a passagem da escritora: havendo muitas vezes um silêncio a respeito dela ou muito pouco foi dito em relação à sua produção, como se percebe, igualmente, pelas histórias analisadas. A partir dos jornais maranhenses, observa-se que, pelo que escreveram sobre ela e em suas próprias produções, ela teve uma participação ativa no cenário da vida cultural maranhense, assim como seus "ilustres" contemporâneos tão festejados pela crítica.

Saber se Maria Firmina detém a primazia é secundário, o que se almeja é contribuir com a crítica para oferecer suporte sobre a autora, a fim de contribuir para a formação de novos cânones na história da literatura brasileira, dando visibilidade a outras vozes que ao longo da história estiveram à margem da história no processo de construção da nação.

2 ESTRATAGEMAS DO DISCURSO DIEGÉTICO DE *ÚRSULA*

O romance *Úrsula*, de Maria Firmina dos Reis, insere-se na moldura do folhetim do século XIX. Em seu prólogo é estabelecido de imediato o território cultural no qual se embasa o projeto do romance. A autora aponta o caminho do romance romântico como atitude política de denúncia de injustiças há séculos presentes na sociedade patriarcal brasileira e que tinha no escravo, no índio e na mulher suas principais vítimas. A escritora privilegia, sobretudo, a voz masculina como procurador *ad doc* para concretizar seu projeto.

2.1 A Intriga: Díade e Tríade

A intriga da obra é marcada por uma sequência de eventos em que as personagens interagem de forma dinâmica para o desenrolar das ações e do desenlace da história. A personagem Tancredo, em forma díade e tríade, conduz o encadeamento da narrativa alternando ora com o narrador ora com as outras personagens envolvidas na trama.

Tancredo/Úrsula – no primeiro capítulo, eles se conhecem, quando o jovem é levado pelo escravo Túlio, após cair do cavalo, tendo sofrido vários ferimentos. É amor à primeira vista. Durante os dias que passa na casa da mãe de *Úrsula*, é acometido por um estado febril, que o leva ao delírio, em que, com frases entrecortadas, exterioriza seu passado, principalmente a relação tumultuada com Adelaide, que aparece para ele como um misto de anjo e demônio.

Tancredo/Adelaide – a jovem foi por ele escolhida para ser sua esposa, mas o pai o obriga a adiar o casamento, alegando que a jovem pertencia a outro meio e precisava ser educada aos moldes da família. Por isso, ele é afastado para assumir a advocacia em outro distrito.

Tancredo/Úrsula – com a recuperação se mostra pronto para partir, em companhia de Túlio, alforriado por Tancredo em gratidão, por ter-lhe prestado ajuda quando ocorreu o acidente. *Úrsula*, incomodada com o amor que sentia por ele, vai refugiar-se na mata, seu templo espiritual. Lá, recebe a visita do jovem que vai despedir-se dela. Ao encontrá-la, fala do grande amor que sente e começa a contar toda sua vida e como foi parar naquela estrada erma. Fala-lhe também da mulher que amou e o traiu com seu pai.

Tancredo/Úrsula – os dois voltam para a casa de Luísa B..., mãe de *Úrsula*. Tancredo a visita no quarto. Luísa B... conta-lhe sua história, desde o casamento, sem o consentimento do irmão, a morte do marido e de como ficou paralítica.

Ele ouve a saga, comovido, e revela sua identidade para surpresa das duas. Tancredo pede a mão da jovem donzela à sua mãe, que a princípio reluta pela condição inferior, dela e de sua filha, mas o cavaleiro a convence de que *Úrsula* é a mulher de sua vida, que a escolhera para viver com ele até seus últimos dias. Parte, então, com a promessa de retorno rápido para efetuar o casamento.

Fernando F/ Úrsula – após a partida do noivo, *Úrsula* sente muitas inquietações e refugia-se na mata. Lá é surpreendida por um caçador que se aproxima e faz-lhe juras de amor, dizendo que a escolhera para a vida inteira. Ela, já assombrada com o tiro que levou à morte uma perdiz que caiu a seus pés, fica ainda mais atônita com aquele desconhecido, proferindo juras de amor. Depois de muita relutância, consegue retornar para casa, e guarda aquele encontro com muito medo. Principalmente porque o homem desconhecido tinha-se referido a ela como a filha de Luísa B. Mais tarde sua mãe recebe uma carta de seu irmão Fernando F... e, em seguida, ele adentra a casa. *Úrsula* o identifica como o caçador que a perseguiu na mata.

Tancredo/Úrsula – Tancredo antecipa a viagem para encontrar sua noiva e realizar o matrimônio. No entanto, muitos fatos ocorreram na sua ausência, como a morte de Luísa B... e a volta do tio de Úrsula. Na casa, resta somente a preta Susana, desolada por tudo. Úrsula sai sem rumo, indo parar no cemitério. Tancredo, ao saber dos perigos de que fora avisado por Susana, da perseguição de Fernando para desposar a donzela, vai à procura de Úrsula, que jaz desmaiada ao lado da cova de sua mãe. Leva-a para um convento para protegê-la. Lá eles se casam, mas não consumam o matrimônio, o tio mata Tancredo, e Úrsula retorna em sua companhia, mas em estado de loucura, vivendo assim até a morte.

Paulo B/Luísa B... – o esposo de Luísa B... era considerado inferior a ela, que se casa sem a permissão do irmão, o comendador Fernando. O marido não a faz feliz, destrói a fortuna do casal, provocando a ira do irmão que o assassina. Luísa, após a viuvez, passa seus últimos dias paralítica em companhia da filha, Úrsula, a preta Susana e Túlio, até este ser alforriado por Tancredo.

Pai de Tancredo/Mãe/Adelaide – homem tirano, autoritário, mantém uma relação de opressor com a esposa. Esposa submissa, a mãe de Tancredo não possui poder de decisão e voz ativa. Ama o filho, mas não tem poderes para protegê-lo. Adelaide, agregada da família, é tida como inferior, por não possuir dotes nem educação, o que é um empecilho para desposar Tancredo. Anjo que engana a protetora e o filho, mantém uma relação com o pai de seu noivo, e é acusada por Tancredo de tê-lo traído vilmente e levado sua mãe à morte.

Tancredo/Túlio – o escravo presta socorro a Tancredo quando este sofre uma queda do cavalo e passa a tratar do enfermo. Como gratidão, Tancredo o alforria. Mantêm uma relação de amizade fraterna, e Túlio transforma-se em seu fiel escudeiro.

2.2 O Enredo: Narrativa de Encaixes

Por ter início, a partir daqui, o estudo analítico-descritivo dos elementos da narrativa presentes no romance *Úrsula*, faz-se necessário seu resumo. A estrutura da obra é composta por um prólogo, vinte capítulos e epílogo. A técnica utilizada para a construção do romance é a de encaixe de narrativas, nas quais as personagens contam suas vidas.

No prólogo, a autora pede a complacência do leitor para aquilo que ela considera "um filho", uma "pobre avezinha silvestre". Em uma espécie de estratégia para se fazer aceitar, declara-se humilde e pouco talentosa, afirmando que seu livro será recebido com indiferença ou com zombaria. Mesmo assim, ela o entrega ao público:

> Não é a vaidade de adquirir nome que me cega, nem o amor próprio de autor. Sei que pouco vale este romance, porque escrito por uma mulher, e mulher brasileira, de educação acanhada e sem o trato e a conversação dos homens ilustrados, que aconselham, que discutem

e que corrigem, com uma instrução misérrima, apenas conhecendo a língua de seu país, e pouco lida, o seu cabedal intelectual é quase nulo (REIS, 1998. p. 19-20).

O primeiro capítulo, intitulado "Duas almas generosas", lembra as narrativas orais. O narrador, num tom contemplativo, conduz o leitor ao universo narrativo da trama. Descreve a natureza, exalta suas belezas e a importância de viver em harmonia com ela.

Em meio à tranquilidade do ambiente, o narrador utiliza-se do artifício de um acidente de um jovem branco, que cai de um cavalo, sendo socorrido por um escravo. Assim, entram em cena as duas personagens masculinas que vão representar a positividade moral do texto. Túlio, por prestar socorro ao jovem branco, dando--lhe abrigo na casa de sua senhora, e o cavaleiro branco que o trata como amigo, e, num gesto de gratidão, abraça-o e diz que Túlio tem um bom coração e alma generosa, nascendo dali a amizade fraterna entre eles[45].

No segundo capítulo, "O Delírio", o enfermo, sob os cuidados do escravo Túlio, na casa de Luísa B..., tem seu estado de saúde agravado. Acometido por um delírio, dado o estado febril, verbaliza seus anseios e frustrações amorosas, assistido pelo jovem escravo e a donzela Úrsula, que velavam à sua cabeceira, e não compreendem tantas frases entrecortadas. Na angústia do delírio, Tancredo fala de Adelaide, sua beleza, seu amor, e de como ela transformou-se numa figura pérfida. Após algumas pausas, o silêncio só é interrompido pelo agouro dos pios da acauã[46]. Túlio e Úrsula, perplexos, não

---

[45] Id., ibid., p. 21-30.
[46] Acauã ou choua – é uma ave de rapina, assemelha-se a uma galinha, possui plumagem avermelhada e cinza. Ver: ABBEVILLE, Claude d'. *História da missão dos padres capuchinhos na Ilha do Maranhão e terras circunvizinhas*. São Paulo: Martins, 1945. p. 183.

compreendem o que se passa ali. Mesmo assim, sem nada entender, ela aproxima-se do jovem enfermo, e dá-lhe a mão. Tancredo continua a pronunciar ininterruptamente o nome de Adelaide. Adelaide, ora afigura-lhe como bela, anjo, fada sedutora, ora como maligna, um demônio, porém, ele a amava, seu nome "queimava-lhe o coração, como se estivesse escrito com letras de fogo[47]". Úrsula, atônita, ouvia essas declarações de amor misturadas com ódio e não identificava que sentimentos ele tinha por aquela mulher. Sai e procura confortar-se ao lado da mãe, Luiza B..., que vive há anos paralítica sobre uma cama. Ao retornar, o cavaleiro sai do estado de atordoamento de consciência e dirige-se a Úrsula, segurando-a pelos punhos. Diante do jovem, ela sente palpitações estranhas em seu coração.

No terceiro capítulo, "Declaração de Amor", as ações da trama ainda centram-se na personagem Tancredo. Encontra-se parcialmente restabelecido da enfermidade. Ele atribui a melhora aos desvelos do escravo, à generosidade de Luísa B... e, sobretudo, à atenção da jovem. Por gratidão, Tancredo alforria Túlio. Úrsula, não compreendendo o que se passa com ela, refugia-se na mata e pensa em Tancredo. Este prepara-se para viajar acompanhado de seu amigo Túlio, mas antes procura Úrsula, para despedir-se. A moça foge dele como uma presa do caçador. Encontra-a no esconderijo costumeiro, refúgio espiritual. Ela surpreende-se ao vê-lo diante de si e declarar-se apaixonado. Úrsula pede-lhe que explique quem é a jovem sobre a qual falava no delírio. Ele começa a contar sua vida, pois a ama e não quer enganá-la.

---

[47] REIS, Maria Firmina dos. *Úrsula*. 3. ed. Rio de Janeiro: Presença, 1998. p. 31-36. Obra organizada e estabelecida por Luiza Lobo na Coleção Resgate do Instituto Nacional do Livro pela editora Presença.

No quarto capítulo, "A primeira impressão", Tancredo continua a falar de seu passado, dos seis anos de sua separação dolorosa da mãe, quando foi cursar Direito em São Paulo. Ao bacharelar-se, retorna para sua terra. Explica como assumiu a chefia na comarca de..., do encontro com a mãe, suas feições abatidas, do grande amor que sentia por ela.

Quanto a seu pai, fala do seu caráter tirano e opressor, ao tê-lo afastado precocemente de sua mãe, "triste vítima", que chorava em silêncio e resignava-se com a sublime brandura; diz: "Não sei o por quê, mas nunca pude dedicar a meu pai amor filial que rivalizasse com aquele que sentia por minha mãe[48]". O pai afastou-o de Adelaide, mulher que escolhera para desposar. Para seu pai, Adelaide não servia para ser sua esposa. Sua mãe o alerta quanto ao risco: "Se amar essa mulher vai amargurar tua existência, teu pai não consentirá que sejas seu esposo. Ela é uma pobre órfã". Seu sofrimento aumentava, era correspondido por Adelaide, mas não havia a possibilidade de concretizar seu intento, mesmo assim, resolve comunicar a seu pai o propósito de desposar a jovem. Úrsula ouvia as confissões de Tancredo sem interrompê-lo[49].

No quinto capítulo, "A entrevista", Tancredo prossegue, conta-lhe que seu pai consentiu, para sua surpresa, mas impôs uma condição: realizar o casamento somente depois de um ano, entregando-lhe uma ordem para assumir uma chefia na comarca de... Ele reluta, mas aceita e arruma-se para partir. Sua mãe e Adelaide ficam abaladas. O pai se compromete a ser o guardião do tesouro de seu filho.

---

[48] Id., ibid., p. 47-50.
[49] Id., ibid., p. 49-52.

No sexto capítulo, "A despedida", Tancredo observa em silêncio a agonia íntima das duas mulheres que na derradeira despedida semelhavam dolorosas estátuas de Níobe. O jovem lembra que o pai chama-lhe a atenção com um sorriso sardônico: "Nem sempre se atenda às lágrimas das mulheres; porque é o seu choro tão tocante, que a pesar nosso comove-nos, e a honra, e o dever condenam a nossa comoção e chama-lhe – fraqueza". Tancredo, enfim, parte para o "exílio", levando consigo a dor da separação das duas mulheres que amava[50].

No sétimo capítulo, "Adelaide", Tancredo retoma a conversa com a jovem donzela emocionado: "Agora, se não fôsseis vós, minha Úrsula, que de novo acabais de prender-me à vida, que me restaria sobre a terra?!![51]" Conta-lhe sua história: seu ano de exílio, as cartas amáveis que Adelaide lhe enviava, não desconfiando que sob a aparência de um anjo estava uma vil criatura. As cartas da amada Adelaide eram um alento na sua vida, mas aos poucos cessaram. Durante esse tempo, Tancredo foi acometido por uma enfermidade e transferido para outra cidade. Ao retornar a sua casa, encontra várias cartas de sua mãe e de seu pai, dentre outras. Nas de sua família, nem uma notícia de Adelaide. Em meio a tantas, encontra uma que o avisa da morte da mãe. Ele, recuperado da enfermidade, viaja quinze dias ininterruptos e alcança a casa de seus pais. Ao chegar, encontra um escravo que lhe avisa da ausência de seu pai, informando-lhe que Adelaide está no salão. Ao avistá-la, assusta-se com o adornamento e elegância de seus trajes. Corre ao seu encontro, e é recebido com frieza. Com voz altiva ela diz:

---

[50] Id., ibid., p.59-61
[51] Id., ibid., p. 63-67.

"Tancredo, respeitai a esposa de vosso pai!" Ele, em estado de cólera, diz: "– mulher infame! – perjura... onde estão os teus votos? É assim a estremecida paixão que te rendi?" É com um requinte de vil e vergonhosa traição que compensaste o ardente afeto da minha alma?[52]" Após esta cena, seu pai entra no salão, trocam olhares, cobranças são feitas, o patriarca sai cabisbaixo, abatido moralmente, e Tancredo sai louco de desesperação e dor da casa de seus pais, seguindo desnorteado pelas estradas.

E, assim, ele conclui para a filha de Luísa B...: "Eis Úrsula, a fiel narração da minha vida, eis os meus primeiros amores; o resto toca-vos: Fazei-me venturoso[53]". A donzela comovida não pôde falar e estende-lhe a mão, que ele beija com amor e reconhecimento.

O oitavo capítulo, "Luísa B...": na casa de Luísa B..., tudo transcorreria normalmente se naquele dia Úrsula não demorasse a visitar sua mãe no quarto. Com o sol já alto ela retorna da mata, vai ao quarto e justifica-se: "Achei-me incomodada durante a noite, foi-me preciso respirar o ar fresco da manhã para restabelecer as forças[54]". Mas diz sentir saudade de Túlio, pois ele também se vai.

Em seguida, o hóspede adentra ao quarto de Luísa B..., sendo recebido com saudação de boas-vindas. Ele agradece pelos cuidados recebidos. Luísa dirige-se ao jovem cavaleiro e diz: "eu nada espero para mim, nada mais que a sepultura; mas se sois cavaleiro, se tendes virtudes na alma, protegei esta pobre órfã". Tancredo responde que escolhera a jovem Úrsula para com ela viver unido para sempre. Luísa B... emocionada conta-lhe seu sofrimento: "há doze anos que arrasto a custo esta penosa existência. Só Deus conhece o sacrifício,

---

[52] Id., ibid., p. 64-66.
[53] Id., ibid., p. 64-67.
[54] Id., ibid., p. 67-68.

que hei feito para conservá-la". Fala que não possui nenhum apoio. Acrescenta: "Se meu irmão pudesse esquecer o seu ódio e protegê--la!..." Tancredo diz não ser possível que ela não tenha a ajuda do irmão. A senhora diz: "Eu o conhecia, seu coração só se abriu uma vez, foi para o amor fraterno. Amou-me, amou-me muito; mas quando tive a infelicidade de incorrer no seu desagrado, todo esse amor tornou-se em ódio, implacável, terrível, e vingativo. Meu irmão jamais me poderá perdoar[55]".

O ódio de Fernando de P... por Luísa B... nasceu por ela ter desposado Paulo B..., que ele julgava inferior a sua irmã. No entanto, Luísa B... não foi feliz no casamento, seu esposo não soube compreender a grandeza de seu amor e cumulou-a de desgosto, sacrificando sua fortuna em favor de suas loucas paixões. Para ela, de positivo dessa relação, só restou a filha, objeto de toda sua ternura. Poderia ter sido diferente, se seu irmão não tivesse assassinado Paulo B... e comprado suas dívidas, deixando-as na miséria.

No decorrer da conversa entre eles, a identidade de Tancredo é revelada, advogado, filho de família tradicional, primo de Úrsula. Para espanto dela, que o amou à primeira vista, sem se preocupar em saber.

O capítulo nono, denominado "A preta Susana"[56], tem início com os preparativos da viagem de Tancredo e Túlio. Mas o escravo está acometido de uma intensa melancolia, sofre por deixar aqueles com quem tinha passado seus primeiros anos. Sente saudade, principalmente da preta Susana, uma escrava velha de propriedade de Luiza B..., que lhe servira de mãe. A velha deixa o fuso em que traba-

---
[55] Id., ibid., p. 69-76.
[56] Id., ibid., p. 77.

lhava, ergue-se sem olhá-lo, enche o cachimbo de tabaco e dá algumas baforadas de fumo[57]. A velha aborda Túlio sobre a sua viagem e sua decisão de acompanhar o senhor Tancredo, e pergunta-lhe se ele não sentirá saudade, chamando-o de ingrato. Ele responde que sentirá, mas acompanhará o cavaleiro por gratidão, estará trocando a escravidão por liberdade. A velha escrava comenta: "Tu, tu livre, ah não me iludas!"[58] Enquanto o jovem Túlio comemora sua liberdade, sua viagem, a mãe Susana fuma e derrama lágrimas. Túlio a interrompe e pergunta por que chora. Ela responde que é um tributo de saudade a tudo que lhe foi caro, pois liberdade ela só tivera em sua pátria, a África, antes de ser raptada por traficantes de escravos para venderem-na a senhores brasileiros. Lá, narra a negra Susana, com nostalgia, tinha marido, filhos, terras e sempre gozara felicidade. Depois foram só sofrimentos. Em um fétido navio negreiro viajaram de pé e acorrentados no porão. Para amedrontá-los eram cercados por animais ferozes, para evitar revolta. Davam-lhes tudo de mais imundo e podre em pequenas quantidades. Vira morrer vários de seus irmãos e para completar, a trajetória findou com a venda dela e de outros para o despótico tirano Comendador P...

Com o casamento de Luiza B..., ela e Túlio os acompanharam, mas recebiam também maus tratos de seu esposo. Suas vidas melhoraram após a morte de Paulo B..., razão pela qual, Susana explica a Túlio, é grata a sua senhora. Mas a dor que sente no coração, "só a morte poderá apagar! – meu marido, minha filha, minha terra, minha liberdade". Depois enxuga as lagrimas e diz: – "Vai, meu

---

[57] Id., ibid., p. 77-78.
[58] xxx

filho, que o senhor guie os teus passos e te abençoe, como eu te abençôo⁵⁹".

No décimo capítulo, "A mata", Úrsula chora a partida de Tancredo. Quando não pode mais enxergá-lo ao longo caminho, sai para a mata. Sentada num tronco de jatobá, tinha ouvido dos lábios do mancebo confissões sinceras de seu amor. Por vários dias retorna à mata para pensar em Tancredo. Rotina quebrada, quando num desses momentos de solidão ouve um tiro de "arcabuz" disparado bem junto dela. Com o susto, levanta-se desesperada, uma "avezinha", uma infeliz perdiz, cai-lhe aos pés, quase morta, e um rastro de sangue lhe nodoa "os vestidos alvíssimos de neve"⁶⁰.

Em seguida ela depara-se com um homem estranho, que a olhava, a contemplar sua beleza, uma jovem cândida, pele de marfim e tranças negras. Tenta ir embora e é abordada pelo homem, para ela uma figura estranha e de sinistro olhar. O caçador implora: – "Em nome de vossa mãe, não fujas, Úrsula⁶¹". A perplexidade foi maior ao ouvir essas palavras. Ele decerto a conhecia, mas ela não tinha ideia de quem se tratava, o senhor causa-lhe repugnância, temor, mesmo dizendo-lhe para tranquilizar-se, porque não iria fazer-lhe mal algum.

Ela suplica para ir embora, ele então confessa seu amor, e pede que ela o compreenda. – "Oh! Não me desdenheis, não me acabrunheis e desespereis com o vosso rancor se me amardes, no meu amor encontrareis a felicidade: porque agora sou vosso escravo⁶²".

---

[59] Id., ibid., p. 81-83.
[60] Id., ibid., p. 85-86.
[61] Id., ibid., p. 86.
[62] Id., ibid., p. 86-87.

Úrsula fica atônita com as declarações e pede para deixá-la em paz, ele continua a confessar-lhe seus sentimentos: "É ardente e violento o afeto que nutro no peito. Meus escravos não estão longe, muitos deles seguiram-me à caça: chamá-los-ia, e vós sereis conduzida em seus braços, apesar de vossos gritos, e do vosso desespero, até minha casa, sereis minha sem terdes o nome de esposa". No entanto, o caçador diz que isso não iria acontecer, pois o amor que ora nascia era tão ardente quanto respeitoso[63]. Úrsula ouve tudo sem interrompê-lo, mas ao final retruca: "Senhor, acabastes? Pois, bem! Abusastes por demais da minha fraqueza. Estou só, o lugar ermo, tudo vos protege, e vos anima. [...] Senhor eu devo voltar para minha casa." Ele pede apenas que não o odeie. "Em nome de vossa mãe, Úrsula, imploro-vos...Ela dá a entender que a situação pode mudar, caso ele revele sua identidade. Ele não o faz, justifica que quer ser amado ainda mesmo desconhecido. "O meu nome, Úrsula, mais tarde o sabereis! Agora ide-vos!" Ela parte e ele fica falando só: "Mulher anjo ou demônio! Tu, a filha de minha irmã!. Úrsula, para que te vi eu? Mulher, para que te amei?!. Muito ódio tive ao homem que foi teu pai." Agora sua filha o despreza, ofereceu seu amor e ela o desdenhou. O caçador acrescenta: "Maldição!! Paulo B... estás vingado!" Mas jura que a donzela há de pertencer-lhe, a ou então "o inferno, a desesperação, a morte serão resultado da intensa paixão que ateaste em meu peito[64]".

No décimo primeiro capítulo, "O derradeiro adeus", Úrsula, perturbada com o que aconteceu na mata, enche-se de interroga-

---

[63] Id., ibid., p. 89.
[64] Id., ibid., p. 91-92.

ções, a princípio sem respostas, pois considera aquilo um presságio em seu coração aflito.

Úrsula passa o dia a refletir sobre o que aconteceu, via perto de si o prenúncio da desgraça. Clama por ajuda: "Tancredo! Livrai-me desta aparição ou deste ente repulsivo e ameaçador... Tancredo onde estás agora? Que fazes, que não me vens proteger contra a insolência e as ameaças desse caçador desconhecido? O teu amor há de amparar-me". À noite, ao deitar-se, imagens do encontro sempre retornam, causando-lhe temor. Não conseguindo acalmar-se, procura sua mãe para descobrir indícios que a elucidem sobre o homem desconhecido ou ao menos acalmar seu espírito. Sua mãe, num discurso de despedida, diz aproximar-se seu dia final, mas almeja ainda vê-la junto a Tancredo, vivendo feliz.

Após alguns dias, um escravo vem trazer uma carta para a senhora Luísa B., sem dizer quem é o remetente. A filha estranha, vai para junto da mãe e apresenta-lhe a carta. Trêmula e desassossegada, Úrsula quebra o selo e começa a ler. Com espanto sua mãe diz: "É do teu tio – Que me quererá?" As duas, cismadas com o inesperado e estranho assunto, acreditam que ele não pode fazer mais mal do que já havia feito no passado. São logo surpreendidas pela entrada do irmão de Luiza B... Úrsula o reconhece, afirma que aquele era o homem que a incomodou na mata e entra em pânico.

Como informa o narrador, Fernando, há dezoito anos, combate o poder do amor fraternal que sentira pela irmã. Condenava-se, sentia dolorosamente, porque só nesse afeto estava a ventura de toda sua vida. Vivera sozinho todos esses anos com os desgostos íntimos que ele próprio forjara. Era odiado e temido por quantos o conheciam. Afirma ainda que Fernando fora atroz, agira com rigor com os escravos e aprazia-lhe os sofrimentos destes, porque também sofria. Ele então parte da casa de Luísa B..., prometendo retornar em breve.

Úrsula compreende a extensão do perigo iminente sobre sua cabeça e fica desolada. No desespero, ora pede a morte, ora maldiz seu nascimento. Susana avisa que sua mãe está morrendo, ela sai em desalento, não acreditando.

Luiza B... diz para a filha que seu irmão veio abreviar os instantes que ainda lhe restavam para amá-la e protegê-la. Sua mãe suspira, faltam-lhe forças para dizer à filha as intenções de seu tio. "Este atrevido..." Úrsula diz-lhe saber o motivo da visita, ele a amava[65].

No décimo segundo capítulo, "Foge", como o próprio título sugere, ela pede à filha que fuja de seu irmão. Úrsula conta-lhe do encontro na mata com ele, diz não ter-lhe relatado para não causar-lhe mais sofrimentos. A mãe diz que ele saiu dali para a cidade, em busca de um sacerdote, que irá abençoar a união forçada da filha de Paulo B... com o seu assassino. Úrsula reluta, "nunca, nunca!" Após constantes desmaios, a mãe insiste com a filha, "foge, teme a cólera de Fernando. Mas sobretudo teme e repele seu amor desenfreado e libidinoso fog. minha...fi...lha...fo...ge" foram suas últimas palavras. E, ao romper do dia seguinte, é enterrada no cemitério Santa Cruz[66].

O décimo terceiro capítulo, intitulado "O cemitério Santa Cruz", passa ser o local em que Úrsula visita diariamente. Desatinada por tantas dores, depois de vagar sem rumo, penetra no cemitério onde se encontram os restos de sua mãe e ajoelha-se ao lado do túmulo, beijando a terra úmida. Não suportando a dor e a saudade,

---

[65] Id., ibid., p. 93-99.
[66] Id., ibid., p. 101-104

desmaia. Por esta estrada, retornavam Túlio e Tancredo, passam em frente ao cemitério, mas não a avistam, a noite está negra como azeviche[67].

No décimo quarto capítulo, "Regresso", o narrador da história justifica para o leitor como Tancredo e Túlio souberam que Úrsula estava no cemitério. E por que Tancredo antecipou seu retorno. O jovem, no intento de reencontrar sua noiva e desposá-la, conclui seus serviços na comarca de... e volta.

No entanto, não previa quantas dores amarguravam a alma de sua donzela. Túlio, acometido de maus presságios, anunciados pela preta Suzana na sua partida, apressa o amigo para saírem daquele ermo lugar, pois estavam nas proximidades da fazenda Santa Cruz, de propriedade do tio de Úrsula. É preciso retornar rápido para a casa de Úrsula. Não sabiam eles que naquele mesmo momento, o comendador já estava acompanhado do sacerdote para realizar a cerimônia de seu casamento com a donzela. Enquanto isso, Túlio narra ao amigo Tancredo os sofrimentos que ele e sua mãe viveram quando eram escravos do comendador P..., atenuados somente quando foi morar com Luísa B..., mesmo tendo sido separado de sua mãe biológica. Túlio chora desconcertado, com as lembranças. Ao chegarem à casa de Luísa B... batem à porta, Susana comunica-lhes da morte da matriarca, a visita do comendador e suas intenções para com Úrsula. Surpresos perguntam sobre ela, a velha responde que foi ao cemitério Santa Cruz, rezar na cova de sua mãe, e pergunta se não a viram. Túlio diz que há vários caminhos que dão no cemitério. Em seguida retornam para procurá-la.

---

[67] Id., ibid., p. 105-109.

No décimo quinto capítulo, "O convento", Túlio e Tancredo encontram Úrsula desmaiada ao lado da cova da mãe. Já refeita do desmaio, pede a Tancredo para fugirem. Ele diz que seu tio pode segui-los, mas obedece a sua amada e procura tranquilizá-la. Ela continua a relatar os tristes acontecimentos que sobrevieram à sua ausência. Alegre e feliz ao lado de Tancredo, por alguns momentos parece esquecer tudo que lhe acontecera. Vão em busca do Convento Nossa Senhora da..., uma construção antiga e humilde, situado nos arredores da cidade. Ele a deixa lá entre as irmãs para protegê-la até a realização da cerimônia matrimonial[68].

O décimo sexto capítulo, "O Comendador Fernando P...", dá início às tensões do enredo. Fernando P... retorna da cidade com os papéis em direção à casa de Luiza B..., para tomar posse da sobrinha como tutor, no caso de encontrar sua irmã morta, ou como esposa. Passa em sua fazenda para levar o padre F... em sua companhia. Ao saber pelos escravos que o padre havia saído, interroga-os bruscamente sobre seu paradeiro e sai novamente em disparada com dois pajens à procura do sacerdote. Encontra-o, e este dá-lhe a notícia da morte da irmã. Seguem em direção à casa de Luiza B.., encontram as portas cerradas. Bate bruscamente à porta e Susana sai acabrunhada. Ele pergunta com voz altiva onde está Úrsula. Ela responde, cabisbaixa, que a menina tinha saído à tarde para rezar no cemitério.

Só? Pergunta o comendador. Ela confirma. Acometido pela fúria diz que a negra está mentindo e parte para chicoteá-la, mas o sacerdote intervém. Ele ordena a Susana que confesse o paradeiro

---

[68] Id., ibid., p. 119-121.

de Úrsula. Vem-lhe à lembrança o encontro que teve com moça na mata, o tronco de jatobá: "Tancredo! Infame... Seus nomes enlaçados no tronco do jatobá, em que a vi vez primeira, traiu-me o estado do seu coração. Ela o ama, já o sabia; mas o seu amor não poderá resistir ao meu ódio[69]".

Ao retornar para sua fazenda, pede ao feitor dois negros, para ir à casa de Luísa B... buscar Susana: – Que me tragam sem detença Susana "Ouvis. [...] Que tragam de rastos. Que atem à cauda de um fogoso cavalo e que o fustiguem sem piedade, e... [...] – Morta?...não, poupem-lhe o resto de vida, para que me fale a verdade, reservo-lhe outro gênero de morte". O feitor finge atendê-lo, mas passa à frente dos negros para avisar Susana e mandá-la fugir. Para sua surpresa, a velha escrava se nega: "Fugir? <u>Não, meu senhor. Não sabeis</u> que estou inocente? – o céu vós pague tão generoso empenho: Mas os que estão inocentes não fogem[70]".

O comendador providencia o cativeiro, e a escrava em menos de dez minutos chega. Por várias vezes, o comendador aplica-lhe castigos para revelar o paradeiro de Úrsula, mas todas as vezes ela nega veementemente, nem mesmo quando acorrentada e a pão e água, preferia morrer a denunciar sua senhora.

O padre tenta interceder por Susana, sendo repreendido. Diz a Fernando P... "a vingança, filho, é um prazer amargo, e seu fruto, é o requeimar do remorso em toda a existência, e até ao último extremo, até a sepultura[71]".

O comendador, a cada palavra do padre, enfurece-se mais. "Mentes, padre maldito! A Vossa doutrina não a escutarei nunca".

---

[69] Id., ibid., p. 123-129.
[70] Id., ibid., p. 128-130.
[71] Id., ibid., p. 130-133.

Para o comendador, eles escolheram o destino e diz: "Cala-te... cala-te, estúpido que és". O comendador ainda vocifera: "Que importa a mim a vingança dos mortos! Tancredo, Úrsula não se hão de rir, do homem a quem ludibriaram." O padre calado, não reage, pois como o próprio comendador afirma: "Sois meu prisioneiro. [...]. A justiça da terra não me estorvará a vingança porque ninguém senão vós ousará denunciar-me." O padre mesmo perplexo pronuncia-se: "– As...sas...si...no!!" Somos informados pelo narrador que o padre "ficou sem movimento, com os cabelos eriçados, membros hirtos, e os olhos parados, como se um raio o houvesse fulminado permaneceu em silêncio sem nenhuma palavra ou movimento[72]".

Logo a seguir, no décimo sétimo capítulo, denominado "Túlio", as ações precipitam-se, gerando um quadro de maior tensão na trama. São narrados os últimos momentos que antecedem à cerimônia de casamento de Tancredo e Úrsula e a captura de Túlio pelos escravos do comendador.

Úrsula, no convento, sente saudade de Susana. Escreve a Tancredo para que a traga, pois teme que o comendador lhe faça mal. Fernando P... já tinha desconfiado do paradeiro do casal, mas retardava sua vingança. Primeiro, manda os escravos à caça de Túlio, com o objetivo de tirar dele a confissão em relação à fuga do casal, bem como sua participação como cúmplice. Nas vésperas da celebração da cerimônia no convento, o comendador inicia a concretização de seu plano. Enquanto isso, Tancredo não compreende a ausência do amigo no dia tão esperado por eles. O jovem advogado fica emocionado ao ver sua noiva acompanhada

---

[72] Id., ibid., p. 132-134.

das jovens religiosas, trajando "um simples vestido de seda preto com pérolas ornavam-lhe o colo de neve brandamente agitado pelo voluptuoso arfar do peito. Na fronte altiva, jaspeada[73] engrinaldava-a[74] uma capela de odoríferas flores de laranja, e o véu de castidade, flutuava sobre os ombros nus e bem contornados e encobria-lhe os negros e aveludados cabelos[75]".

Enquanto a cerimônia se realizava, Túlio sofria com os castigos do comendador para descobrir a verdade sobre Úrsula e Tancredo, sempre vigiado por um velho escravo, de nome Antero, responsável por qualquer tentativa de fuga de Túlio. Por fim, o sacerdote dá a bênção, e o casal recebe as felicitações dos amigos que os acompanharam[76].

No décimo oitavo capítulo, "A dedicação", o escravo do comendador, cujo defeito era a afeição às bebidas alcoólicas, cuida da vigilância de Túlio, numa casa abandonada, cumprindo fielmente as ordens de seu senhor. Túlio, em sua prisão, porta-se com certa resignação, muito abatido, sofre com os maus tratos, pensa todo o tempo em seus amigos e em como fugir dali. Antero, embora inconformado com o vício da bebida, reclama da secura da garganta. Túlio pergunta ao velho Antero: "Gostais assim tão loucamente de matar esse mortal bicho?" O escravo velho responde com entusiasmo: "Oh, se gosto!" acrescentando, "se não for assim não se consegue viver aqui." O comendador tinha saído. Ele aproveita, oferece dinheiro ao velho para comprar bebida. Antero aceita, compra a cachaça e passa a beber freneticamente, cai ao chão, respirando fracamente, e

---

[73] Avermelhada (Nota do editor).
[74] Grinalda (Nota do editor).
[75] Id., ibid., p.137-138.
[76] Id., ibid., p. 135-139.

Túlio, antes de fugir, prepara um estratagema para o velho escravo não ser culpado por sua fuga. Livre, vai ao encontro de Tancredo, e avista um coche que está partindo a trote largo, e outro, parado. Aproxima-se, sendo atingido por dois tiros, não há tempo de avisar aos amigos da cidade. Tancredo sai ao encontro de Túlio, é cercado pelo bando do comendador. "Feroz e hórrido sorriso arregaçava-lhe os lábios, que resfolegavam o ódio e o crime". O narrador o compara a "Nero", "Heliogábulo" e "Sila" nas suas saturnais de sangue. Úrsula ainda grita, pedindo clemência ao tio. "Ofendi-vos, senhor, vingai--vos, eis-me, não me poupeis; mas ele? Oh! Não o assassineis! Oh! Não tem culpa de que o ame mais que á vida." Após essas cenas de súplica, cai aos pés de Fernando. Tancredo, vendo a esposa desmaiada aos pés do comendador, abaixa-se, toma-a em seus braços e a beija pela última vez.

Depois de os dois lutarem por algum tempo, o comendador atinge-lhe covardemente com um punhal em suas costas. Tancredo, antes de morrer, brada: "Matam-me! Farta-te de sangue, fera indômita e cruel! Mas eu juro a hora suprema da minha existência que Úrsula não será tua esposa". Acrescenta: "Fernando P... a menina que jaz desfalecida, ama-me muito poder esquecer-me; e odeio-te demais para poder perdoar-te. Conclui o teu amor será a punição do teu crime." Úrsula, ao despertar, joga-se sobre seu amado e ouve--lhe o último suspiro[77].

Décimo nono capítulo "O despertar": a história principia seu desenlace. Fernando, que só esperava justiça divina, começa a torturar-se como um louco, como se pretendesse fugir de si mesmo

---

[77] ibid., p. 141-148

para escapar a tão pungente martírio que julga sofrer. Após várias noites do ocorrido, Úrsula dorme um sono agitado, nem a dor, que despedaça sua alma, a tinha arrancado desse doloroso torpor. O comendador a contempla, ajoelhado ao pé de sua cama, numa atitude de desespero, mas adora-a como uma santa, sem tocá-la. Porém, num surto de cólera, sai do quarto blasfemando, "maldição mil vezes o mataria, se mil vidas o inferno lhe tivesse dado". Seu comportamento a partir de então passou a ser esse, pois a presença de Úrsula naquela situação era seu remorso vivo, sua voz parecia ecoar para ele a palavra assassino.

Ele tenta acordá-la. Ela abre os olhos e solta um grito fulminante que o faz estremecer de angústia. Com isso, Fernando P... reconheceu que estava punido, a presença e o estado mental de Úrsula o matava aos poucos[78]. No vigésimo capítulo, "A louca", o sacerdote faz uma retrospectiva dos crimes que o comendador cometera. Fernando P... ouve cabisbaixo e só reage quando o padre o aconselha. Pede ao sacerdote que o leve até o quarto da donzela, mas no limiar da porta não se atreve a entrar. Úrsula sorri debilmente. Com a cena, Fernando P... fecha os olhos, agarrando-se à porta para não cair, Úrsula repetia insistentemente: "Tancredo! Porque me fugias? Onde estas? Espera... agora me recordo. Túlio disse-me que muito longe te levava não sei o que negócio urgente!..." E depois, tirando dos cabelos uma "florzinha seca última que lhe restava da capela, beijou-a, e sorriu-se com ternura". Assim, passou seus últimos instantes, sempre falando com Tancredo como se ele ali estivesse ou repetindo as últimas palavras ditas ao comendador

---

[78] Id., ibid., p. 149-152.

antes de Tancredo morrer. O sacerdote acena para o comendador, que assiste a tudo imóvel e pálido, e pede que se ajoelhem aos pés da infeliz louca, que entregava a alma ao criador. Úrsula, no transe eterno, cruza as mãos sobre o peito e apertando a sua "florzinha", suspira[79].

No Epílogo, dois anos se passaram dos acontecimentos narrados. Na província ninguém lembra mais das mortes e atrocidades cometidas por Fernando P... A justiça, completamente "cega não julgou nem condenou ninguém pelos assassinatos". O único que poderia testemunhar calou-se. Sabe-se, porém, que o comendador Fernando P. termina seus dias num convento de Carmelitas, sem que ninguém conhecesse seu passado. Adota o nome de Frei Luís de Santa Úrsula. Somente na hora da extrema-unção revela a sua identidade. No delírio de morte, pede perdão de seus pecados. "Perdoai-me Senhor! porque na hora derradeira sufoca-me a enormidade das minhas culpas." Igual fim tem Adelaide, mesmo tendo casado novamente após a morte de seu marido, vive infeliz e tomada pela culpa[80].

2.3 A Construção das Personagens em Úrsula

As personagens que representam o universo diegético em Úrsula compõem grupos distintos: protagonistas, Úrsula e Tancredo; antagonista, Fernando P... Os demais formam o grupo dos secundários, desempenhando papéis definidores com importância basilar para o desenrolar da trama. Aí estão incluídos os escravos

---
[79] Id., ibid., p. 153-157.
[80] Id., ibid., p. 159-162.

Túlio e a Preta Susana, Luísa B..., Pai Antero, Adelaide, Paulo B..., os pais do protagonista e um Capelão.

Úrsula, homônima do título do livro e protagonista, representa a típica heroína romântica, comparada às personagens alencarianas, como Ceci de *O guarani* ou mesmo *Iracema* (publicada posterioriormente à obra em análise). Pode-se compará-la à heroína do romance, *D. Narcisa de Villar,* de Ana Luíza de Azevedo[81]. Há também citação explícita no texto à obra de Bernadin de Saint-Pierre, *Paulo e Virgínia*[82]. Isso é sugerido quando o narrador nomina Úrsula como a filha da floresta, ou mesmo quando faz referência ao espaço idílico da personagem. Úrsula[83] vive em meio às matas, e sua caracterização como uma donzela de cabelos pretos, pele de pérola e olhos escuros, ratifica o dito acima.

A descrição da personagem, feita pelo narrador, sugere a influência da raça indígena. Isso faz com que a narrativa firminiana tenha maior verossimilhança, pois, aqui a mistura de raças, para a autora, era uma realidade.

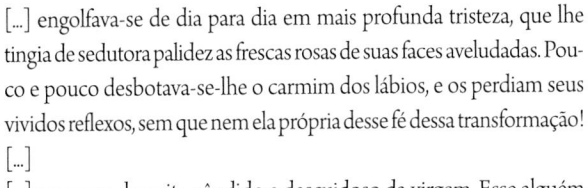

> [...] engolfava-se de dia para dia em mais profunda tristeza, que lhe tingia de sedutora palidez as frescas rosas de suas faces aveludadas. Pouco e pouco desbotava-se-lhe o carmim dos lábios, e os perdiam seus vividos reflexos, sem que nem ela própria desse fé dessa transformação!
> [...]
> [...] emanava do peito cândido e descuidoso da virgem. Esse alguém amava a palidez de Úrsula, adorava-lhe a suave melancolia, e o doce langor de seus negros olhos (REIS, 1988, p. 41-43).

---

[81] CASTRO Ana Luísa de Azevedo (Indígena do Ypiranga) D. Narcisa de Villar. *Legenda do tempo colonial*. 4. ed. Atualização de texto, introdução e notas de Zaidhê Lupinacci Muzart. Florianópolis: Mulheres, 2000 (1. ed. 1859, Rio de Janeiro, ed. Paula Brito). Ver: MUZART, Ana Luísa de Azevedo Castro; LUPINACCI, Zahidé (Org.). *Escritoras brasileiras do século XIX: antologia*. Florianópolis: Mulheres; Santa Cruz do Sul: Edunisc, 2000. p. 254.
[82] SAINT-PIERRE, Bernadin de. *Paulo e Virgínia*. Tradução de Rosa Maria Boaventura. São Paulo: Ícone, 1986.
[83] SAINT-PIERRE, Bernadin de. *Paulo e Virgínia*. Tradução de Rosa Maria Boaventura. São Paulo: Ícone, 1986.

A personagem Úrsula enquadra-se nas narrativas ultrarromânticas do século XIX, haja vista as imagens com que é frequentemente comparada, ao longo da narrativa: "mimosa filha da floresta", "flor educada na tranquilidade dos campos...", "anjo", "figura cândida", "a pobre donzela", "era como uma rosa no meio das açucenas," "essa beleza adormecida e pálida," "como um lírio do vale"; "faces cândidas aveludadas", "peito cândido e ditoso da virgem", "rosto pálido e aflito".

Típica heroína romântica, desmaia, no cemitério, quando vai orar pela mãe. Porta-se como uma "Bela Adormecida" que desperta com os afagos do amado ou, às vezes, como estátua fria, resultante do pensamento da época para quem a mulher não podia exercer sua sexualidade, haja vista as perturbações que a personagem sente quando se vê atraída pelo mancebo.

A personagem que empresta o seu nome ao romance é uma jovem que, como seus antepassados, busca refúgio espiritual na mata, ou seja, junto à natureza, levando Tancredo, seu amado, a identificá-la com as forças naturais: *Úrsula, mimosa filha da floresta*[84]. Em seus momentos de maior dificuldade, seguindo os conselhos de sua mãe e de mãe Susana, ela encontra consolo no mundo natural, o que corrobora a visão dos africanos e afro-brasileiros de que a natureza é a força intermediária entre o ser humano e Deus.

A personagem enquadra-se nos padrões românticos do século XIX, reduplicando os valores patriarcais, construindo um universo em que a donzela frágil e desvalida é disputada pelo bom moço e pelo vilão da história.

O nome da personagem é um outro indicativo da concepção

---

[84] Id., ibid., p. 41.

romântica da obra, pois a escolha não foi casual. Úrsula é o nome de uma santa britânica martirizada[85]. Prometida para Jesus Cristo, foi pedida em casamento por um príncipe pagão. Ela pede tempo para decidir e durante esse tempo reza pela conversão de seu pretendente. Úrsula e as onze mil virgens se exercitavam na virtude, até que, inesperadamente, resolvem fugir através dos mares[86]. Chegam à Colônia, depois de muitas peregrinações, mas são barbaramente massacradas pelos hunos. Somente Úrsula foi poupada por sua beleza e nobreza. O rei dos hunos[87] se apaixona por Úrsula e pede-a em casamento. Mas ela já tinha por esposo um rei muito mais poderoso que todos os reis da Terra, Jesus Cristo. A origem do nome Úrsula também pode ser associada a um auto do Padre José de Anchieta denominado *Santa Úrsula*[88], em que é feita referência às Virgens Mártires de Colônia, morta, pelos Hunos em defesa da fé e da virgindade. Na lenda de Santa Úrsula[89], ela é filha do rei da Grã-Bretanha, líder das virgens, que reuniu e com elas percorreu vários países em peregrinação; aprisionada pelos Hunos, foi degolada.

No auto de Anchieta, após a saudação a *Santa Úrsula*[90], ela é acompanhada em procissão até a igreja de São Tiago. Na entrada da igreja, um diabo a impede de entrar. Ele é apresentado de maneira típica, não é assustador, mas galhofeiro a ponto de parecer ridículo.

---

[85] Santa Úrsula empresta seu nome à congregação das Ursulinas. Santa britânica, viveu no século IV. É conhecida como protetora das virgens. Ver: BUTLER, Alban. *Vida dos santos*. Petrópolis: Vozes, 1985. v. 10. <www.ursulinas.org.br>. Acessada em: 20 setembro. 2022.
[86] VARAZZE, Jacopo de. Legenda áurea: vidas de santos. São Paulo: Companhia das Letras, 2003. p. 885.
[87] Os hunos pertenciam aos povos bárbaros. Foram os mais violentos e ávidos por guerras e pilhagens. A principal fonte de renda dos hunos era a prática do saque aos povos dominados. Quando chegavam numa região, espalhavam o medo, pois eram extremamente violentos e cruéis com os inimigos. O principal líder deste povo foi Átila. Ver. ROBERTS, Wess. Segredos de liderança de Átila, o huno. São Paulo: Best- Seller, 1989. p. 141.
[88] ANCHIETA, José de. *Teatro*. São Paulo: Loyola, 1977
[89] Ver. BUTLER. Vida dos santos. Petrópolis: Vozes, 1985. v. 10.
[90] PISHITCHENKO, Olga. *A arte de persuadir nos autos de Jose de Anchieta*. Dissertação de Mestrado. Campinas. São Paulo: 2004. p. 110-121.

Armado com espada, e *arcabuz* afirma que na Vila tudo lhe pertence e toda a Capitania se rendeu a ele com alegria. Para afastar as forças do bem acaba atirando. O anjo aparece e repreende o demônio. No diálogo entre os dois, o anjo o convence de que todos querem a protetora que está chegando. O diabo retruca, rindo dos cristãos. Enfraquecido pelo nome da *Virgem Maria* e ameaçado de ser amarrado, o diabo foge, pretendendo voltar. Como se vê a intertextualidade aqui materializa-se, não só através da referência à Santa, mas à figura do diabo, que pode representar o tio da personagem Úrsula que aparece a ela travestido de caçador, armado de um arcabuz, tal a personagem de Anchieta, incorporando o discurso dominador. Outra inferência, é o fato de Úrsula ser prometida de Tancredo e sofrer com os assédios do tio que deseja desposá-la. Casa-se com Tancredo, que é assassinado pelo tio antes de ter consumado o matrimônio. Sofre um duplo martírio, a perda do esposo e a perda da razão. O comportamento do tio da protagonista é comparado ao ciúme de *Otelo*[91], personagem da obra homônima de Shakespeare que assassina sua esposa, Desdêmona, por ciúmes.

Em relação às recorrências à religião no contexto enunciativo de *Úrsula*, Antônio Candido postula:

> A religião foi um tema que ocupou um lugar de destaque na estética romântica. Embora os poetas da primeira fase tivessem sido os mais declaradamente religiosos, no sentido estrito de todos os românticos, com poucas exceções, manifestam um ou outro avatar do sentimento religioso, desde a devoção caracterizada até um vago espiritualismo, quase panteísta (CANDIDO, 2000, p. 16).

---

[91] Shakespeare, William. Otelo. Belo Horizonte: Dimensão, 1995. Ver estudo de Celuta Moreira Gomes sobre as adaptações de Otelo, feitas por Gonçalves de Magalhães e outros, bem como a encenação por João Caetano, em 1837, no Rio de Janeiro. In: *William Shakespeare no Brasil: bibliografia*. Rio de Janeiro: Biblioteca Nacional, 1965. p. 251.

A caracterização que o narrador faz do mancebo, Tancredo, segue o estilo da estética romântica dos primeiros escritores. Trata-se de um cavaleiro medieval. O jovem aristocrático, mesmo estando numa situação atípica, com trajes um tanto descuidados e simples, sobre seu cavalo alvo, dá-se a reconhecer como uma pessoa da alta sociedade. Evidencia o narrador: "[...] um jovem cavaleiro melancólico[92], [...] e como que exausto de vontade, atravessando porção de um majestoso campo, que se dilata nas planuras de uma das melhores e mais ricas províncias do norte deixava-se levar através dele por um alvo e indolente ginete[93]".

Ao longo da narrativa, explicita-se a identidade de Tancredo: rapaz branco, filho de distinta família, fora enviado a São Paulo para estudar Direito. A viagem é tida por ele como um exílio, pois doía-lhe a separação da mãe, por quem nutria um amor tão intenso a ponto de sentir raiva do pai. A personagem possui fortes indícios do complexo de Édipo – no decorrer da narrativa observam-se várias passagens em que ele se refere ao pai sempre com sentimentos opositores. Tancredo, enquanto uma figura ficcional, guarda aspectos de cavaleiro medieval, pálido, melancólico e combalido, a galope em seu ginete. Tal caracterização, adicionada a outros ingredientes, como a relação amorosa impossível de um casal de raças distintas, corrobora o recorte romântico da obra.

O papel de antagonista, representado na narrativa pelo comendador Fernando P., também não foge à regra: corresponde à luta

---

[92] A grafia referente a "cavaleiro andante", "cavalaria", representa, na literatura ocidental, um tipo superior da humanidade, exprime uma recusa da corrupção do ambiente, luto espiritual a serviço do devotamento a dama, por ela luta até à morte. In: CHEVALIER, Jean; GHEERBRAN, Alain. Dicionário de símbolos. Rio Janeiro: José Olympio, 2003. p. 211-214.

[93] A representação do cavalo tem várias acepções, principalmente quando vem associado à cor branca. O presságio da morte é uma das mais comuns. In: CHEVALIER, Jean; GHEERBRAN, Alain. *Dicionário de símbolos*. Rio Janeiro: José Olympio, 2003. p. 211-214.

do mal contra o bem. Ele é a encarnação do mal, o vilão, destruindo várias vidas para conseguir seus objetivos. Numa primeira leitura, os envolvimentos ou tentativas de relações amorosas do antagonista podem ser entendidas como "prática de incesto". Primeiro com a irmã, Luísa B..., por quem nutre um amor que transformou sua vida numa prisão carregada pelo ódio, pela frustração de ver a mulher que ele amava casar-se com outro, a ponto de ter assassinado seu rival. Posteriormente, o sentimento é deslocado para a filha de Luísa B..., Úrsula, a quem ele se declara apaixonado, mas não consegue desposá-la, já que ela ama outro. Ele, mais uma vez, assassina seu rival. Mas, antes, comete todas as atrocidades com as pessoas do convívio direto da donzela, como Susana e Túlio, acusando-os de cúmplices. Aparece travestido de caçador no meio da mata, onde Úrsula descansa em seu refúgio. Presa fácil para o caçador, uma perdiz morre com um só tiro. Cai ensanguentada, manchando o vestido de Úrsula, "branco como a neve". A ação do antagonista, na narrativa, sugere o prenúncio de uma tragédia.

Considerando que a narrativa gira em torno do modo de vida colonial brasileiro, permite-nos retroceder na história de sua formação. Para tanto recorre-se ao antropólogo Darcy Ribeiro em *O povo brasileiro: a formação e sentido do Sentido do Brasil*[94], no capítulo, "Gestação étnica".

> A instituição social que possibilitou a formação do povo brasileiro foi o cunhadismo, velho uso indígena de incorporar estranhos à sua comunidade. Consistia em lhes dar uma moça índia como esposa. Assim que ele a assumisse, estabelecia, automaticamente, mil laços que o aparentavam com todos os membros do grupo. Isso se alcançava graças

---

[94] RIBEIRO, Darcy. *O povo brasileiro – formação e o sentido do Brasil*. São Paulo. Companhia das Letras, 1995. p. 86-87.

> ao sistema de parentesco classificatório dos índios, que relaciona, uns com os outros, todos os membros de um povo. Assim é que, aceitando a moça, o estranho passava a ter nela sua temericó e, em todos os seus parentes da geração dos pais, outros tantos pais ou sogros.
> [...] O mesmo ocorria em sua própria geração, em que todos passavam a ser seus irmãos ou cunhados. Na geração inferior eram todos seus filhos ou genros. Nesse caso, esses termos de consanguinidade ou de afinidade passavam a classificar todo o grupo como pessoas transáveis ou incestuosas. Com os primeiros devia ter relações evitativas, como convém no trato com sogros, por exemplo. Relações sexualmente abertas, gozosas, no caso dos chamados cunhados; quanto à geração de genros e noras ocorria o mesmo. (RIBEIRO, p. 87-97).

Com base no cunhadismo, se estabeleceram criatórios de gente mestiça nos focos onde náufragos e degredados se assentaram. Primeiro, junto com os índios nas aldeias, quando adotam seus costumes, vivendo como eles, furando os beiços e as orelhas e até participando dos cerimoniais antropofágicos, comendo gente. Então aprendem a língua e se familiarizam com a cultura indígena. Muitos gostaram tanto que se deixaram ficar na boa vida de índios, amistosos e úteis. Outros formaram unidades apartadas das aldeias, compostas por eles, suas múltiplas mulheres índias, seus numerosos filhos, sempre em contato com a incontável parentela delas. A sobrevivência era garantida pelos índios, de forma quase idêntica à deles mesmos. Viabilizara-se, porém, uma atividade altamente nociva, a economia mercantil, capaz de operar como agência civilizatória pela intermediação do escambo, trocando artigos europeus pelas mercadorias da terra.

O primeiro e principal desses núcleos é o paulista, assentado na costa, talvez até antes da chegada de Cabral. Seus responsáveis foram João Ramalho e Antônio Rodrigues. Outro núcleo pioneiro, de importância essencial, foi o de Diogo Álvares, Caramuru, pai heráldico dos baianos. Ele se fixou em 1510, na Bahia, também cercado de numerosa família indígena. Conseguiu manter certo equilíbrio entre os aborígines com que convivia cunhadalmente e os lusitanos que foram chegando. Converteu-se, assim, na base essencial da instalação lusitana na Bahia. Um terceiro núcleo de importância relevante foi o de Pernambuco, em que vários portugueses, associados com os índios tabajaras, produziram quantidade de mamelucos, inclusive Jerônimo de Albuquerque, capitão de guerra na luta da conquista do Maranhão ocupado pelos franceses.

No próprio Maranhão, segundo Darcy Ribeiro, há notícias de um guerreiro que sobreviveu de uma expedição fracassada, graças às suas habilidades artesanais, de nome Peró, que teria gerado também quantidade de mamelucos, que representaram papel muito ativo na colonização daquela área.

Para preservar seus interesses, ameaçados pelo cunhadismo generalizado, a Coroa portuguesa pôs em execução, em 1532, o regime das donatárias. O projeto real era enfrentar seus competidores, povoando o Brasil, através da transladação forçada de degredados. Na carta de doação e foral concedida a Duarte Coelho (1534), lê-se que El-Rei, atendendo a muitos vassalos e à conveniência de povoar o Brasil, há por bem declarar couto e homizio para todos os criminosos que nele queiram morar, ainda que condenados por sentença, até em pena de morte, excetuando-se somente os crimes de heresia, traição, sodomia e moeda falsa.

As donatárias, distribuídas a grandes senhores, agregados ao trono e com fortunas próprias para colonizá-las, constituíram verdadeiras províncias. Eram imensos quinhões com dezenas de léguas encrestadas sobre o mar, penetrando terra adentro até onde topassem com a linha das Tordesilhas.

A igreja também se posicionou em relação à prática do *cunhadismo*. Para tanto, fez inúmeras manifestações contra a *sem-vergonhice reinante*, que podem ser encontradas nos registros da época:

> Os Jesuítas, preocupados com tamanha pouco vergonha, deram para pedir socorro ao reino. Queriam mulheres de toda qualidade, até meretrizes, por que há aqui várias qualidades de homem [...] e desse modo se evitarão pecados e aumentará a população a serviço de Deus. Nóbrega assinala que para Pernambuco não era necessário mandar mulheres, "por haverem muitas filhas de brancos e Índias da terra as quais agora casarão, com a graça do Senhor" (Carta de 1550. In: NÓBREGA, 1955, p. 79-80).

À guisa de informação, o Padre Claude d> Abbeville[95], tratando dos costumes casamentos dos tupinambás, índios que habitavam a província do Maranhão entre os séculos XVI a XIX, se pronuncia:

> A pluralidade de mulheres lhes é permitida; podem ter quantas desejem. As Mulheres, porém, não têm privilégio; devem contentar-se, com um só marido e não podem, tampouco, abandoná-lo para se entregarem a outro homem. [...] Os pais não podem possuir as filhas, nem os irmãos suas irmãs; nenhum outro grau de consanguinidade os impedem, porém de casar e de tomar o número de mulheres que desejem (DABBEVILLE, 1945, p. 222-223).

Posto isto, verifica-se que o contexto enunciativo de Úrsula, da escritora maranhense Maria Firmina dos Reis, sugere que as relações tidas como incestuosas podem ser analisadas sob outra

---

[95] D'ABBEVILLE, Claude. História da missão dos padres capuchinhos na Ilha do Maranhão e terras circunvizinhas. São Paulo: Martins, 1945 (1. ed. 1614, em Paris).

perspectiva. Na história, o narrador nos apresenta Fernando P. como irmão de Luísa B, por sua vez tio de Úrsula.

Quando Tancredo revela, na casa de Luísa B..., sua identidade, ambas se surpreendem com o nome de seu pai, chegando à conclusão que ele é primo de Úrsula. Como através do Cunhadismo o vínculo de parentesco era extensivo a várias gerações, não era possível todos se conhecerem. Também o desejo de Fernando pode ser entendido como a posse de algo que lhe pertence pelo direito natural. Sendo contrariado, é obvio que ele reagiria sob a força inerente ao patriarcado herdado de Portugal. Sua origem como homem branco, de traços fidalgos, é observada por Úrsula quando o descreve após o encontro. Além disso, percebe-se que o europeu absorveu muito da cultura e das tradições indígenas logo que aqui chegou, a ponto de a Igreja pedir socorro, o que se verifica na correspondência de Nóbrega ao reino.

O jovem escravo Túlio, mesmo sendo personagem secundário, tem fundamental importância. Companheiro do protagonista em todos os momentos, havia nascido e vivido em cativeiro. No momento em que encontra alguém que paga o seu preço em espécie, vê-se liberto; mas não totalmente, nas palavras da mãe Susana, para ela a liberdade só seria alcançada na sua pátria. A escrava possui consciência de ser oprimida, vê na morte o único meio de alcançar a liberdade que outrora gozava em sua mocidade, tanto que lhe é oferecida uma oportunidade de fuga antes da sentença de morte e ela recusa pelo fato de ser inocente, e inocente não foge. Susana é personagem secundária que pode ser classificada como *tipo*. Ela se identifica com as velhas escravas nordestinas que morriam, nas casas de seus senhores, como um membro da família. A personagem lembra também a história de Santa Susana, santa martirizada, quando o cônsul romano, Macedônio, chama-a ao Fórum Romano e solicita que ela prove a sua lealdade ao estado, executando um ato de adoração ante o deus Júpiter. A sua recusa confirma o fato de que ela e os outros membros de sua família poderiam ser cristãos. Quando Diocleciano, na fronteira oriental, tomou conhecimento da recusa de sua prima e as suas razões, ficou profundamente irado e ordenou a sua execução. Um pelotão de soldados foi à sua casa e ela foi decapitada[96].

O pai, Antero, se inclui aí. Apesar de pequena, sua participação no romance também deixa sua marca. Chora a pátria perdida e fala de como era feliz, fazendo referência a uma festa do *fetiche*[97] e a uma bebida extraída das palmeiras, que ele tomava. Lamenta a vida de cativo que leva. Somente o vício da *tiquira*[98] lhe dava o torpor para conseguir suportar as maldades de seu senhor, Fernando P...

As demais personagens, envolvidas no universo diegético da narrativa, principalmente as femininas, assemelham-se à heroína. Adelaide, personagem secundária, órfã, prima e primeira paixão do protagonista, vive como agregada de sua família. É descrita como um anjo, uma estátua de Níobe[99], no início da história, no desenrolar da trama transforma-se numa figura fria e ambiciosa:

> Mulher odiosa! Eu vos amaldiçôo. Por cada um dos transportes de ternura, que outrora meu coração vos deu, tende um pungir agudo de profunda dor; e a dor, que me dilacera agora a alma, seja a partilha vossa na hora derradeira. Por cada uma só das lágrimas de minha mãe

---

[96] Ver. BUTLER. *Vida dos santos*. Petrópolis: Vozes, 1985. v. 10, p. 95-97.
[97] Rituais religiosos existentes nas tribos primitivas da África. Segundo Arthur Ramos, no Brasil, transformou-se no culto pela idolatria dos *Orixás*. Ver RAMOS, Arthur. A exegese psicanalítica. In: *O negro brasileiro*: etnografia religiosa. Rio de Janeiro: Graphia, 2001, v. 1, p. 114-125.
[98] Cachaça extraída da mandioca, muito comum no Maranhão e no Norte do País.
[99] Figura da mitologia grega que foi transformada pelos deuses em rochedo que frequentemente vertia água.

> choreis um pranto amargo; mas árido como um campo pedregoso, doído como a desesperação de um amor traído. E nem uma mão, que vos enxugue o pranto, e nem uma voz meiga, que vos suavize a dor de todos os momentos. O fel de um profundo, mas irremediável remorso, vos envenene o futuro, e desejado prazer, e no meio da opulência e do luxo, firam-vos sem tréguas os insultos de impiedosa sorte. Arfe vosso peito, e estale por magoados suspiros, e ninguém os escute; e sobre esse sofrimento terrível cuspam os homens, e riam-se de vós (REIS,1988, p.91).

Pertencem também à categoria de personagens secundárias, os pais da protagonista, Paulo B... e Luiza B..., o pai e a mãe de Tancredo, e um capelão. O leitor toma conhecimento do pai de Úrsula pela voz da viúva. Sabe-se, através dos escravos, que ele era tirano como o Comendador P... Sobre a mãe de Tancredo, nem o seu nome é mencionado, apenas, pela voz do filho, sabe-se que era uma mulher submissa perante o esposo e muito resignada. O filho sentia por ela extrema adoração. Quanto ao pai, é um modelo senhorial, carrasco, autoritário. Sobre o sacerdote é dito somente que é um homem da confiança do comendador e omisso diante de suas atrocidades[100].

2.4 O Narrador: Pluralidade de Vozes

O ato de narrar uma história depende da visão adotada pelo narrador. O ponto de vista, ou perspectiva narrativa, corresponde à adoção por parte do narrador de determinada posição. Carlos Reis[101], seguindo Gérard Genette[102], em *Discurso da Narrativa*, aponta três opções fundamentais de perspectivas narrativas, focalização

---

[100] REIS, Maria Firmina dos. *Úrsula*. 3. ed. Rio de Janeiro: Presença, 1998. p. 91. Obra organizada e estabelecida por Luiza Lobo na Coleção Resgate do Instituto Nacional do Livro pela editora Presença.
[101] REIS, Carlos; LOPES, Ana Cristina M. *Dicionário de teoria da narrativa*. 7. ed. Coimbra: Almedina, 2002. p. 167-173.
[102] GENETTE, Gérard. *Discurso da narrativa*. Lisboa: Vega, 1976. p. 277.

relacionadas à posição do sujeito narrativo enunciador: focalização externa; interna, focalização onisciente.

Posto isso, pode-se dizer que o narrador diante dessas perspectivas narrativas poderá colocar-se em relação à história, se optar pela primeira focalização, uma vez que poderá projetar a simples referência aos aspectos exteriores da história contada, estabelecendo um tipo de representação em que irá situar os elementos da diegese. Fazendo opção pela segunda, o narrador poderá contar a história sob o ponto de vista integrado na diegese; e, optando pela terceira, o sujeito enunciador colocar-se-á numa posição de transcendência, em relação ao universo diegético. Assim, o narrador mantém o controle da narrativa, porta-se como uma entidade demiurgo, controlando e manipulando soberbamente os fatos relatados, as personagens, o tempo, os cenários, enfim, mantêm o controle da narrativa.

O narrador/a[103] de Úrsula é extradiegético, pois o enredo é narrado em terceira pessoa. Durante a narrativa, fazem-se descrições psicológicas e conjecturas sobre o modo de ser das personagens, o que conduz o leitor a uma reflexão sobre os conflitos enfrentados por elas. Age de forma onisciente pelas interferências que realiza, fazendo com que seja incluído dentro da categoria de narrador de Genette[104]. Sabe tudo sobre as personagens, no entanto, ao utilizar-se do discurso direto e indireto, e às vezes indireto livre, dá voz às personagens, as quais vão narrando suas histórias. Como o enredo é estruturado através de encaixes, as vozes andam em paralelas, mas todas se cruzam.

---

[103] Optei por usar narrador /a pela pluralidade de vozes
[104] REIS, Carlos; LOPES, Ana Cristina M. *Dicionário de teoria da narrativa*. 7. ed. Coimbra. Almedina, 2002. p. 167-173.

A princípio, o gênero do narrador não é evidenciado, mas ao longo da narrativa percebe-se, pelo contexto da enunciação, que o enredo é constituído por uma voz feminina. Esta mostra que tem conhecimento não só dos elementos intrínsecos da narrativa, mas também dos conflitos do mundo exterior. Faz correlações com o contexto histórico, político, social e religioso, pondo o leitor em sintonia com a problemática do universo extra- narrativo.

O narrador/a, num tom solene, leva o leitor a adentrar num idílio por meio da apresentação ufanista e lírica que faz da paisagem, suave e tranquila, um convite à reflexão da alma e do coração. A descrição subjetiva dessa narrativa direciona o foco, de forma que se percebe a presença do narrador como elemento integrado ao contexto da enunciação, o que pode ser constatado pela predominância do emprego dos verbos no presente do indicativo e de pronomes possessivos, no excerto:

> [...] *São* vastos e belos os *nossos* campos; porque inundados pelas torrentes do inverno *semelham* o oceano em bonançosa calma – branco lençol de espuma, que não *ergue* marulhadas ondas, nem *brame* irado, ameaçando insano quebrar os limites, que lhe marcou a onipotente mão do rei da criação. Enrugada ligeiramente a superfície pelo manso correr da viração, frisadas as águas, aqui e ali, pelo volver rápido e fugitivo dos peixinhos, que mudamente se *afagam*, e que depois *desaparecem* para de novo voltarem – os campos *são* qual vasto deserto, majestoso e grande como o espaço, sublime como o infinito.
> [...]
> [...] eu *amo* a solidão; por que a voz do Senhor aí *impera*, porque aí *despede-se-nos* o coração do orgulho da sociedade, que *embota* que *apodrece*, e livre dessa vergonhosa cadeia, *volve* a Deus e o *busca* – e o *encontra*; porque com o dom da ubiquidade Ele aí *está!* (Grifos nossos)
> (REIS, 1988, p. 21-22).

Com o uso da conjunção adversativa, *entretanto*, o narrador/a provoca uma ruptura no discurso narrativo e passa de um tom solene, religioso para um lírico, amoroso, empregando adjetivos, símiles, metáforas correlacionadas com a natureza. Os verbos passam do presente para o pretérito. Assim, o narrador situa o leitor sobre os elementos da narrativa e sobre o início da fábula, de forma mais distanciada:

> Entretanto em uma *risonha* manhã de agosto, em que a natureza *era* toda galas, em que as flores *eram* mais *belas* em que a vida *era* mais *sedutora* – porque toda *respirava* amor –, em que a erva *era* mais *viçosa rociada*, em que as carnaubeiras outras tantas atalaias ali disposta pela natureza, mais *altivas*, e mais *belas se ostentavam*, em que o axixá[105] com seus frutos imitando *purpúreas estrelas esmaltava*, a passagem, um jovem cavaleiro *melancólico;* e como que *exausto* de vontade atravessando porção de um *majestoso* campo, que se dilata nas planuras, de uma das *melhores* províncias do norte, *deixava-se* levar ao através dele por um *alvo indolente* ginete. *Longo devia* ser o espaço que *havia* percorrido; porque o *pobre* animal, *desalentado*, mal *cadenciava* os *pesados passos*[106] (grifos nossos) (REIS, 1988, p. 22-23).

O narrador/a, de forma onisciente, avança nos fatos do enredo, a princípio portando-se como observador da cena, mas aos poucos vai analisando as reações do jovem cavaleiro, emitindo pareceres sobre suas condições, despertando a curiosidade para saber de quem se trata:

> De repente o cavalo, baldo de vigor, em uma das cavidades onde o terreno se acidentava, mais, mal podendo conter-se pelo langor dos seus lassos membros, distendeu as pernas, dilatou o pescoço, e dando uma volta sobre si, caiu redondamente. O choque era por demais

---
[105] Cidade do Maranhão cujo nome deriva dessa árvore. (Nota do editor).
[106] Movimentos

> violento para não despertar o meditabundo viajou; quis ainda evitar a queda; mas era tarde, e de envolta com o animal rolou no chão. Nesse comenos alguém despontou longe, e como se fora um ponto negro no extremo horizonte. Esse alguém, que pouco a pouco avultava, era um homem, e mais tarde suas formas já melhor se distinguia.
> [...]
> E mais e mais se aproximava ele do cavaleiro desmaiado; porque seus passos para ali se dirigiam, como se a providência os guiassem! Ao endireitar-se para um bosque à cata sem dúvida da fonte que procurava, seus olhos se fixaram sobre aquele triste espetáculo.
> Deus meu! – exclamou, correndo para o desconhecido.
> E ao coração tocou-lhe piedoso interesse, vendo esse homem lançado por terra, tinto em seu próprio sangue, e ainda oprimido pelo animal morto (REIS, 1988, p. 23-24).

Após o encontro das duas personagens desconhecidas, pois, até então o narrador ainda não apresenta para o leitor a sua identidade, sabe-se apenas que o jovem cai displicentemente de seu ginete branco e que é socorrido por uma boa alma. Não é por acaso que esse capítulo inicial é denominado, "Duas almas generosas". No diálogo que é estabelecido entre eles, quando o narrador dá-lhes voz, essa ideia se materializa: "Que ventura! – então disse ele, erguendo as mãos ao céu – que ventura, podê-lo salvar!" O narrador sumariamente desvela para o leitor de quem era aquela voz tão generosa: "O homem que assim falava era um pobre rapaz, que ao muito parecia contar vinte e cinco anos, e que na franca expressão de sua fisionomia deixava adivinhar toda a nobreza de um coração bem formado. O sangue africano refervia-lhe nas veias". Com um tom colérico, o narrador/a faz uma espécie de denúncia sobre a raça negra e reage não só como porta-voz, mas se inclui nela. Percebe-se no uso da forma verbal na primeira pessoa do plural do modo indicativo do verbo dizer:

> O mísero ligava-se à odiosa cadeia da escravidão; e embalde o sangue ardente que herdara de seus, pais, e que o *nosso* clima e a servidão não puderam resfriar, embalde – *dissemos* – se revoltava; porque se lhe erguia como barreira
> – o poder do forte contra o fraco! [...] (grifo nosso) (REIS, 1988, p.24).

E numa outridade, o narrador continua seu discurso em defesa da igualdade entre as raças e o fim da escravidão. Na voz do mancebo, pois sua identidade ainda não é conhecida, encontramos a mesma opinião do narrador, quando o primeiro é levado nos ombros pelo escravo e indaga-lhe: "Como te chamas generoso amigo? Qual é a tua condição? – Eu meu senhor – tornou-lhe o escravo, redobrando suas forças para não mostrar cansaço – chamo-me Túlio"[107].

Após essas cenas do acidente e do encontro, o narrador vai aos poucos oportunizando às personagens fazerem suas narrativas, intercalando-se como um onisciente intruso. A partir dos capítulos 3, 4, 5, 6, o narrador faz pequenas intervenções, alternando a focalização na narrativa. O Jovem Mancebo, como é chamado pelo narrador/a, já tem sua identidade revelada, passando a ser tratado pelo nome de Tancredo. Curado da enfermidade, o jovem cavaleiro passa a contar sua história, de como chegou e o que acontecera. Sua história é recuperada pouco a pouco em cada detalhe, através do uso de analepses. Nesse afã, muitas vozes se cruzam: de sua mãe, de seu pai e do antigo amor. No entanto, nada passa desapercebido ao olhar atento do narrador, que dirige as personagens como se estivesse dentro de cada uma.

A ruptura entre o narrador/a e as personagens é evidenciada no capítulo nono, intitulado "A preta Susana", quando se introduz a

---
[107] Id., ibid., p. 24.

voz de uma escrava que narra sua vida antes de ser raptada na África e vendida como escrava no Brasil:

> Liberdade! Liberdade... ah! Eu a gozei na minha mocidade!
> Tranquila no seio da felicidade, via despontar o sol rutilante e ardente do meu país, [...] eu corria às descarnadas e arenosas praias, e aí com minhas jovens companheiras, brincando alegres, com o sorriso nos lábios [...] mais tarde deram-me em matrimônio a um homem, que amei como a luz dos meus olhos, e como penhor dessa união veio uma filha querida [...]
> Uma filha que era minha vida, minhas ambições, a minha suprema ventura, veio selar tão santa união.
> E logo dois homens apareceram, e amarraram-me com cordas. Era uma prisioneira – era uma escrava! Foi embalde que supliquei em nome de minha filha, que me restituíssem a liberdade, os bárbaros sorriam-se de minhas lágrimas, e olhavam-me sem compaixão. Julguei enlouquecer, julguei morrer, mas não me foi possível... a sorte me reservava longos combates. Quando me arrancaram daqueles lugares, onde tudo me ficava – pátria, esposo, mãe, e filha, e liberdade! Meu Deus! O que se passou no fundo de minha alma, só vós o pudesse avaliar! (REIS, 1988, p. 82).

A condução feita pelo narrador/a permite que outras personagens tenham voz. Percebemos, também, que o narrador/a faz explicitamente declaração de que é uma mulher e que possui muitas leituras, pois faz referência a escritores e pensadores que influenciaram as ideias da sociedade brasileira do século XIX.

3 ÚRSULA E A ESCRITA DE VANGUARDA

3.1 A Representação do Espaço: a Cor Local

O espaço constitui uma das mais importantes categorias da narrativa não só pelas articulações funcionais que estabelece com o restante da categoria, mas também pelas incidências semânticas que o caracterizam. Para Carlos Reis[108] são válidas todas as modalidades de espaço ficcionais: físico, social, psicológico e textual.

No romance *Úrsula*, as várias modalidades de espaço estão de acordo com as categorias descritas acima. O psicológico é o mais amplo, visto que a maior parte da história é narrada do ponto de vista das personagens através de suas memórias, que recuperam suas vivências passadas: Tancredo, Susana, Luísa B...

O espaço físico, na narrativa, está associado à natureza, à casa onde mora a matriarca, com sua filha e os dois escravos, ao convento, ao cemitério, em que a protagonista tem uma ligeira passagem, à senzala e à fazenda do antagonista. Os outros espaços físicos são mencionados através das memórias das personagens.

O narrador não se refere aos espaços físicos determinando sua localização. Põe sempre reticências, indeterminando o lugar. No decorrer da narrativa como nas cenas introdutórias, através do contexto enunciativo em que o cavaleiro aparece, percebe-se que a província do Norte[109] à qual ele se refere é o Maranhão. O leitor pode fazer essa constatação pela referência explícita, a abundância de palmeiras[110], vegetação típica desta região. O Maranhão, ainda hoje, possui uma condição relativamente superior a outros estados do Norte e Nordeste. E à época em que o contexto da narrativa está sendo ambientado, o Maranhão era uma província promissora tanto no nível econômico como no cultural.

Quando as personagens ou o narrador referem-se ao espaço da natureza é sempre com conotações de luz, ora do sol, ora

---

[108] REIS, Carlos; LOPES, Ana Cristina M. *Dicionário de teoria da narrativa*. 7. ed. Coimbra: Almedina, 2002. p. 135-140.
[109] Os estados do Maranhão e Piauí possuem parte de suas áreas com características geográficas iguais à região Norte. No período colonial estes estados pertenciam à região do Grão-Pará. Hoje essas áreas, por receberem essas influências climáticas e de vegetações, são chamadas, meio Norte do Brasil.
[110] Buriti, carnaúba, tucum, açaí, coco babaçu, entre outras.

das estrelas, ora da lua. A natureza é vista de forma idealizada. A valorização desse elemento coincide com o início da afirmação da nacionalidade, tema frequente nas narrativas dos séculos XIX. Segue trecho ilustrativo:

> [...] E Altivas erguem-se as milhares de *carnaubeiras*, que balançadas pelo soprar do vento recurvam seus leques em brandas ondulações.
> [...] atravessando porção de um majestoso campo, que se dilata nas planuras, *de uma das melhores províncias do norte*, deixava-se levar ao através dele por um alvo indolente ginete. Longo devia ser o espaço que havia percorrido; porque o pobre animal, desalentado, mal cadenciava os pesados passos.
> [...]
> Soltando as asas á sua ardente imaginação, seguia-o na sua divagação, escutava-lhe *a voz no rumorejar do vento*, via-o no meio da solidão, e afagava-o com seus meigos (grifos nossos) (REIS,1988. p. 22-23).

O contexto maranhense, em que se passa a trama, insere-se numa moldura histórica que nos mostra o Maranhão como "uma das nossas melhores, mais ricas províncias do norte". A contextualização histórica, porém, mostra que, apesar do cenário tranquilo, a vida da população, marcadamente a dos escravos, era assaz conturbada.

O mesmo acontece com o refúgio onde a protagonista reflete sobre sua vida. No espaço de liberdade em que era feliz, só as aves, o frescor dos verdes e a brisa eram suficientes para seu viver. A mata, como símbolo da natureza, realiza a simbiose do homem com seu *hábitat*:

> A donzela então saiu da *mata;* porque lembrou-se de sua mãe, e volveu-se para ela; mas no dia imediato à mesma hora do *crepúsculo*, voltou à

> mata, e imergida em sua meditação, às vezes esquecia-se de si própria para só pensar no seu Tancredo. (grifos nossos) (REIS,1988. p. 23)

O espaço idílico da donzela só é violado quando aparece a figura do caçador que agride a todos, a virgem, a mata e os pássaros. O clima de harmonia é rompido. A imagem do caçador sugere a figura do lobo mau do imaginário popular, transmitida pelos contos de fadas, que ataca a "mocinha" na floresta:

> Tancredo! aonde estás a essa hora? que fazes, que não me vens proteger contra a insolência e as ameaças desse caçador desconhecido? O teu amor há de amparar-me. Oh sim, o teu amor me dará forças para destruir suas loucas esperanças e esquecer suas temíveis ameaças (REIS,1988. p.87)

A casa da matriarca é outro espaço privilegiado na narrativa. Sua simbologia está associada à mulher, espaço onde reina a mulher, que é o centro. Significa o ser interior. Segundo Bachelard[111], seus andares, seu porão e sótão simbolizam *diversos estados da alma*. O porão, o inconsciente; o sótão, a elevação espiritual. A casa também é um símbolo feminino com o sentido de refúgio, de mãe, de proteção e de seio materno.

A casa de Luísa B... pode ser comparada a essa acepção da casa como refúgio, como proteção, como seio maternal. Viúva, em uma cama, só podia oferecer para sua filha, amor, carinho, proteção, mas muitas vezes essa proteção era inversa. Luísa, impossibilitada de agir, só podia ajudar a filha com palavras. Esse espaço também era o da dor, da irrealização, das frustrações e da carência:

> Dias inteiros estava à cabeceira do leito de sua mãe, procurando com ternura roubar à pobre senhora os momentos de angústia e aflição; mas

---

[111] BACHELARD, Gaston. *A poética do espaço*. São Paulo: Martins Fontes, 2000. p. 242.

> tudo era em vão porque seu mal progredia, e a morte se lhe aproximava a passo lento e impossível; porém firme e invariável (REIS, 1988. p.39).

A cena em que Úrsula desmaia, no cemitério, junto ao túmulo de sua mãe, por si só transmite a significação do misticismo religioso em que a obra está envolta. A imagem do cemitério representa a última morada do ser em matéria, uma vez que os cemitérios passam uma ideia de finitude e solidão.

Era assim que a personagem se sentia, só e desolada. Ao acordar, é transportada para o convento, que também é uma representação de clausura. Outro espaço interior descrito na obra em análise é a senzala, vista por Túlio como um chão fétido, escuro, úmido, sombrio. Um símile do conceito de escravidão sugerido no discurso enunciativo. Portanto, as imagens dos espaços interiores são todas sombrias. A visão edênica é representada tanto nos espaços reais, como nos imaginários. África para os escravos era um paraíso, o lugar da liberdade. Sua vida, aqui, a prisão, a escuridão.

3.2 A Escrita Firminiana: Contrapontos Ideológicos

3.1.1 Discurso antiescravagista em Úrsula

A produção literária do Maranhão, anterior a Maria Firmina dos Reis, nos primeiros anos da colonização, é centrada na obra do Padre Antônio Vieira, que viveu naquela região por duas vezes: de janeiro de 1653 a junho de 1654, e depois, de 1655 a 1661. Consta na historiografia literária que lá tenha proferido pelo menos 17 de seus sermões, usando-os para denunciar as atrocidades cometidas com os escravos índios e negros. Da longa série de trinta sermões, sob o título de *Maria, Rosa Mística*, destacam-se os de número XIX, XX, XXVII, pelo enfoque dado ao escravo negro. Isso o coloca como primeiro, no Maranhão, a se manifestar a respeito, quer seja do índio quer seja do negro[112].

Excetuando a participação de Vieira, nos primeiros séculos do Brasil, apareceram somente manifestações irrelevantes em favor da liberdade e dos negros. Somente no segundo quartel do século XIX, a temática da escravidão ocupa relativo espaço na literatura brasileira, sendo o responsável direto o poeta maranhense Gonçalves Dias.

Ao negro, dedicou ele especial atenção em *Meditação* e *A escrava*. No Maranhão, nesse período, também constam os escritores Trajano Galvão de Carvalho, autor de *Calhambola, a criola;* Celso Magalhães, *O escravo;* Sousândrade, de *O guesa; e* Odorico Mendes, autor de *Hino da tarde*. A primeira voz feminina no Brasil que registraria a temática do negro é a da maranhense Maria Firmina dos Reis, com a publicação do romance *Úrsula*, em 1859. Como já foi dito, *Úrsula* foi editado pela primeira vez no ano de 1859[113], em São Luís do Maranhão, assinado simplesmente por "uma maranhense", recurso bastante usado no século XIX, principalmente pelas mulheres que se aventuraram a escrever, como: Nísia Floresta Augusta, Ana Luísa de Azevedo Castro, Amélia Rodrigues, Luísa

---

[112] TORIBIO, Luzia Navas. *O negro na literatura Maranhense*. São Luís: Academia Maranhense de Letras, 1990. p. 20-32.
RABASSA, Gregory. *O negro na ficção brasileira: meio século de história literária*. Rio de Janeiro: Tempo Brasileiro, 1965. p. 456.
Sobre o assunto ver. SAYERS, Raymond S. *O negro na literatura brasileira*. Rio de Janeiro: Cruzeiro, 1958. p. 458.

[113] No artigo de A primeira resenha de Úrsula na imprensa maranhense da pesquisadora Luciana Martins Diogo, em que cita a tese de Antônia Pereira de Souza, A prosa de ficção nos jornais do Maranhão Oitocentista defendida em 2017, traz uma discussão sobre um anúncio de subscrição do romance Úrsula, de Maria Firmina dos Reis, veiculado na seção Publicações Pedidas, do jornal A Imprensa, de 17 de outubro de 1857. Ver em : *Afluente*, v.3, n.8, p.11-25, mai./ago. 2018-ISSN 2525-344.

Amélia de Queirós[114] e Narcisa Amália, entre outras. O universo narrativo de *Úrsula* é marcado por desencontros, ilusões e decepções. O desfecho fatídico e infeliz é um dos diferenciais. Para a época, era mister as narrativas possuírem um final feliz para agradar ao público feminino, que ocupava o tempo e a cabeça lendo histórias de amor. A loucura e morte de Úrsula acabam com qualquer perspectiva do esperado final feliz.

A literatura de característica romântica tem como temas gerais o amor à pátria, a natureza, a religião, o povo e o passado. Alfredo Bosi, citando Karl Mannheim, faz o seguinte comentário:

> [...] o Romantismo expressa os sentimentos dos descontentes com as novas estruturas: a nobreza, que já caiu, e a pequena burguesia que ainda não subiu: de onde, as atitudes saudosistas ou reivindicatórias que pontuam todo movimento (BOSI, 1995, p. 91).

O refúgio no passado, o nativismo e a reinvenção do bom selvagem centraram suas atenções no elemento indígena. A literatura do século XIX, produzida ainda sob a vigência do período escravocrata, silencia sobre o negro que, quando não omitido, aparece somente destacado por características estereotipadas: sensualidade, luxúria, comportamento bestial ou servil, ou então é representado com sentimento de piedade e comiseração diante da situação do cativo. A esse respeito o estudioso Gregory Rabassa[115], em estudo basilar sobre a questão do negro no Brasil, diz:

> Na literatura produzida no Brasil até 1888, o negro apareceu em papeis diversos e sob ângulos diferentes. Os primeiros inscritos geralmente

---

[114] Escritora piauiense que escreveu poesias e crônicas, autora de Flores incultas e Georgina. Publicou em jornais e no almanaque de lembranças Luso-Brasileiro, editado em Portugal no século XIX.
[115] RABASSA, Gregory. *O negro na ficção brasileira: meio século de história literária*. Rio de Janeiro: Tempo Brasileiro, 1965, p. 324-325.

incluíam polêmicas contra ou a favor da escravidão, corrente que iria contribuir com outras obras até a abolição e, mesmo depois disso, em retrospectos. Como pessoa, o negro foi descrito como quase tudo cabível na escala humana de interpretação: uma figura semelhante a feras que servia apenas para o trabalho pesado, um selvagem em que não se pode confiar e que se revoltará na primeira oportunidade, um herói lutando contra uma opressão injusta, um servo fiel imbuído de grande amor por seu senhor, uma figura exótica que desperta desejo, um pobre ser humano rebaixado de anseios justos devido a uma instituição iníqua. Em poucas palavras, o nego apareceu sob quase todos os ângulos concebíveis pelos autores que dele se ocuparam. (RABASSA 1965, p. 324-325)

Úrsula ultrapassa esse usual ponto de vista, porque adota posicionamento explicitamente antiescravagista, diferente de Joaquim Manuel de Macedo, em *As vítimas algozes*, Bernardo Guimarães, em *A escrava Isaura*, Pinheiro Guimarães em *O comendador*, Francisco Gil Castelo Branco, *Ataliba, o vaqueiro*[116]. E mesmo, as obras de Teixeira e Sousa, *Maria ou a Menina roubada* e José do Patrocínio, em *Mota Coqueiro*[117]. *Úrsula* não tem a pretensão de ser uma bula abolicionista, mas, em se tratando de uma literatura emergente, o que deve ser principalmente privilegiado, é sua oportunidade. O livro, por ter sido publicado distante do centro cultural, da Corte, e por ser de uma mulher negra, não teve grande repercussão nacional. Maria Firmina dos Reis, com essa negra, não teve grande repercussão nacional. Maria Firmina dos Reis, com essa portadora de sentimentos, memória e alma. Não coisas obsoletas, como a ideologia dos escravocratas os faziam acreditar, sempre subestimando

---

[116] Escritor piauiense. Ver CASTELO BRANCO, Francisco Gil. *Ataliba, o vaqueiro*: episódio da seca do norte. Teresina: Universidade Federal do Piauí; Academia Piauiense de Letras; Projeto Petrônio Portela, 1988.
[117] SAYERS, Raymond S. *O negro na literatura brasileira*. Rio de Janeiro: Cruzeiro, 1958. p. 324-385.

a capacidade da raça africana. É aí que se concentra seu grande mérito e originalidade.

Eduardo Assis Duarte[118], posfaciador da quarta edição de Úrsula, compartilha da ideia, já defendida por Charles Martin, prefaciador da terceira edição, do pioneirismo de Maria Firmina, ao abrir espaço para preta Susana a quem ele compara um elo vivo da memória ancestral ou uma espécie de *alter ego* da romancista. A personagem configura aquela voz feminina, porta-voz da verdade histórica e que pontua as ações, ora com comentários e intervenções moralizantes, ora como porta-voz dos anúncios e previsões que preparam o espírito do leitor e aceleram o andamento da narrativa. Essa voz feminina emerge, pois, das margens da ação para carregá-la de densidade, do mesmo modo que sua autora também emerge das margens da literatura brasileira para agregar a ela um instigante suplemento de sentido. No romance, as personagens protagonistas são brancas, e as negras são todas secundárias, mas muito significativas, já que através delas são abordadas questões fundamentais, como a problemática da escravidão negra. São as personagens negras e escravas que fazem com que o romance adquira um tom de denúncia, assim como expressa sentimentos de igualdade, fraternidade e liberdade, misturados à resignação e revolta. Enquanto outros autores da literatura do século XIX punham mordaças nas bocas dos negros, Maria Firmina lhes dá voz, para expressarem suas angústias e anseios na terra estranha.

Nas observações que o narrador faz do escravo Túlio, que socorre o mancebo, fica intrínseco o discurso antiescravagista

---

[118] Ver: DUARTE, Eduardo de Assis "Posfácio: Maria Firmina dos Reis e os Primórdios da ficção afro-brasileira"In: Úrsula. Atualização do texto e posfácio IDEM. Florianópolis: Ed.MULHERES, Belo Horizonte: PUC Minas 2004.

da autora. Em sua primeira aparição, a personagem já indica a perspectiva que orienta a representação do choque entre as etnias no texto de Maria Firmina dos Reis. A escravidão é "odiosa", mas nem por isto endurece a sensibilidade do jovem negro. Eis a chave para compreender a estratégia autoral de denúncia e combate à escravidão sem agredir, no entanto, as convicções mais elevadas de seus leitores. Túlio é vítima, não algoz. Sua revolta se faz. Seu comportamento pauta-se pelos valores cristãos, apropriados pela autora a fim de melhor propagar seu ideário:

> Senhor Deus! quando calará no peito do homem a tua sublime máxima – ama a teu próximo como a ti mesmo – e deixará de oprimir com tão repreensível injustiça ao seu semelhante!... a aquele que também era livre no seu país... aquele que é seu irmão?! E o mísero sofria; porque era escravo, e a escravidão não lhe embrutecera a alma; porque os sentimentos generosos, que Deus lhe implantou no coração, permaneciam intactos, e puros como sua alma. Era infeliz; mas era virtuoso; e por isso seu coração enterneceu-se em presença da dolorosa cena, que se lhe ofereceu à vista. (REIS, 1988. p. 24-25)

Contrapondo-se ao estereótipo presente nas obras citadas, a autora introduz a imagem do escravo bom, fiel, que, apesar da escravidão, não está embrutecido, uma espécie de Pai Tomás, de *A cabana do Pai Tomás,* obra da jornalista americana Harriet Beecher Stowe[119].

Ressalte-se, de início, que não se trata de condenar a escravidão unicamente porque um escravo específico possui um caráter elevado. Trata-se de condenar a escravidão como um todo, enquanto instituição injusta. E a autora o faz a partir do próprio

---

[119] STOWE, Harriet Beecher. *A cabana do Pai Tomás.* Trad. Linguagest. Porto: Público Comunicação, 2005. p. 67.

discurso religioso, oriundo da hegemonia branca, que afirma serem todos irmãos independentemente da cor da pele! Se pensarmos em termos do longínquo ano de 1859 e da longínqua província do Maranhão, poderemos avaliar o quanto tal postura tem de avançado, num contexto em que a própria Igreja Católica respaldava o sistema escravista.

Na opinião de Raymond S. Sayers (1958), além da influência do pensamento político corrente, outro fato determinante sobre essa literatura de protesto social foi a de *Uncle Tom's cabim*, traduzida em 1853 para o português, dois anos após sua aparição em inglês, e teve outra impressão em 1956. Para Sayers (1958), muitos dos antiescravagistas tinham um discurso, muitas vezes, associado ao modismo da época. Um exemplo emblemático é Pinheiro Guimarães, em seu livro sobre seu pai, onde descreve um sarau em casa de família abastada pelo fim do século. Num ambiente luxuoso, entre peças magníficas de jacarandá lavradas e reposteiros de seda, homens e mulheres, em trajes cuidados ouvem uma jovem recitar poemas com acompanhamento de piano. E um desses poemas obrigatórios na época era "O navio negreiro" de Castro Alves, assim também o fizeram com *A cabana do Pai Tomás e As Vítimas Algozes*.

Sobre as duas primeiras obras, o antropólogo Arthur Ramos diz:

> *A cabana do Pai Tomás* de Hanrriet Beecher Stowe, ou toda a poesia libertária de um Castro Alves apenas despertaram um vago sentimento de piedade para uma raça, que uma falsa lógica considerou inferior. [...] Por isso esses poemas de piedade "branca" não são dramas negros, e sim negróides. Correspondem, em sentido, à imensa choradeira indianista sem significação humana. Esse ciclo "negróide" é a expressão de um romantismo de mistificação, ocultando as verdadeiras faces do

problema sob as capas de um sentimentalismo doentio, sadomasoquista, onde a piedade exaltada era, na realidade, a contraparte, o outro pólo de um sadismo negricida, sem precedentes. (RAMOS, 2001. p. 17-18).

Vê-se que a autora deve ter lido essa obra, já que foi tão difundida no Brasil do século XIX, mas, com certeza, sob o filtro da positividade. Assim, em Úrsula há o encontro das almas generosas, a do escravo Túlio que, numa atitude humanitária, ajuda o jovem advogado Tancredo, que nutre pelo escravo sentimento de gratidão. Com isso, fica sugerido, no contexto da enunciação, que as duas raças poderiam viver em plena harmonia, mesmo com as incongruências do sistema, materializando o ideal de liberdade e fraternidade, defendido pelos seguidores do Iluminismo tão em voga no século XIX:

> – Homem generoso! único que soubeste compreender a amargura do escravo!... Tu que não esmagaste com desprezo a quem traz na fronte estampado o ferrete da infâmia! Porque ao africano seu semelhante disse: – és meu!
> – ele curvou a fronte, e humilde, e rastejando qual erva, que se calcou aos pés, o vai seguindo? Por que o que é senhor, o que é livre, *tem segura em suas mãos ambas a cadeia, que lhe oprime os pulsos. Cadeia infame e rigorosa, a que chamam: – escravidão?!...* E, entretanto este também era livre, livre como um pássaro, como o ar; *porque em seu país não se é escravo.* Ele escuta a nênia plangente de seu pai, escuta a canção sentida que cai dos lábios de sua mãe, e sente como eles, que é livre; porque a razão lho diz, e a alma o compreende. *Oh! a mente! Isso sim ninguém pode escravizar! Nas asas do pensamento o homem remonta-se aos sertões da África, vê os areais sem fim da pátria e procura abrigar-se debaixo daquelas árvores sombrias do oásis,* quando o sol requeima e o vento sopra quente e abrasador: vê a tamareira benéfica junto à fonte, que lhe amacia a garganta ressequida: vê a cabana onde nascera e aonde vivera!... (grifos nossos) (REIS, 1988, p. 26-27).

Entre outras características, a bondade dos dois merece

destaque. Tancredo reconhece os transtornos decorrentes da escravidão e alforria o escravo. Bondade e cumplicidade independem de raça e posição social. Com a alforria, Túlio continua subserviente ao jovem Tancredo. Prevalece o binômio, "As Almas Gêmeas / Almas Irmãs".

Conforme foi evidenciado, Charles Martin destacou, no prefácio da terceira edição, que "o negro não é apenas colocado na trama em pé de igualdade frente ao rico Cavaleiro. Mais que isto, ele é a "base de comparação"[120] para que o leitor aprecie o valor do jovem herói branco. Ou seja, no discurso do narrador onisciente, o negro é parâmetro de elevação moral. Tal fato se constitui em verdadeira inversão de valores numa sociedade escravocrata, cujas elites difundiam teorias "científicas" a respeito da inferioridade natural dos africanos e afro-brasileiros. Assim fazendo, a voz que narra mostra-se desde o início comprometida com a dignificação da personagem, ao mesmo tempo em que expressa literalmente qual o território cultural e axiológico que reivindica para si: o da afrodescendência. Esse pertencimento se traduz ainda na simpatia que a autora devota a Túlio e aos demais personagens submetidos à escravidão, conforme temos demonstrado.

No nono capítulo, intitulado "A preta Susana", ratifica-se o discurso antiescravagista, fundamentado pelo ideário iluminista do século XIX. Numa espécie de *alter ego* da escritora, já não é mais o narrador ou narradora que fala, apenas fazendo a descrição da personagem. A personagem assume o discurso, narrando na primeira pessoa do singular suas reminiscências, utilizando-se do *flashback*.

---

[120] Id., ibid., p. 10-11

Transmite, através de sua voz, sua condição de escrava e o que era antes de ser raptada na África.

Maria Firmina dos Reis, ao criar a personagem Susana, personificação do sentimento africano, contraria tudo que já tinha sido feito até então. A negra Susana é a imagem do africano que, tirado à força, de forma brutal e bestial, de sua terra natal, foi animalizado e classificado como objeto, coisa, mão de obra forçada e gratuita para senhores inescrupulosos. É ela quem explica ao jovem Túlio, escravo alforriado pelo branco Tancredo, o sentido da verdadeira liberdade.

Ao dedicar o capítulo a uma negra africana, Maria Firmina dos Reis inova, porque, até onde se sabe, na literatura, o negro não era concebido como ser humano. É por intermédio das reminiscências da personagem preta Susana que a escritora faz a tentativa de avisar ao despreocupado leitor de século XIX quão brutal e desumana é a forma pela qual o homem livre é transformado em cativo. São descritas cenas marcantes de sua captura, a separação dos familiares e da terra natal, a tormentosa viagem e o processo de degradação dos seres humanos, tratados como animais ferozes. Pode-se dizer que a autora antecipa o tema presente em *Navio negreiro*, de Castro Alves, publicado em 1868, com um diferencial, pois a voz que narra em *Úrsula* é a de uma escrava. Sobre isto, Charles Martin diz:

> É em *Úrsula*, no entanto que vemos uma genuína preocupação com a história, o elo com a África e a consciência para com as próprias raízes, ao contrário dos demais livros abolicionistas, que raramente mencionam a África como verdadeira terra natal dos negros. (REIS, 1988, p.10).

Assim, entre a positividade e a bondade do jovem afro-brasileiro Túlio, e a negatividade representada pela decadência do velho africano Antero, alcoolizado, a autora abre caminho para o discurso de Mãe Susana, elo vivo entre a memória ancestral e a consciência da subordinação. A personagem configura a voz feminina, espécie de porta-voz da verdade histórica e que pontua as ações, ora com comentários e intervenções desmoralizantes, ora como verdadeira profetiza a tecer passado, presente e futuro nos anúncios e previsões que, por um lado, preparam o espírito do leitor e aceleram o andamento da narrativa, e, por outro, instigam a reflexão e a crítica.

A caracterização física de Susana, feita pelo narrador, é o oposto da apresentada por demais escritores abolicionistas, que representam a mulher negra explorando o lado sexual. O narrador firminiano, ao descrever a personagem, dá-lhe denotação de sofrimento, de amargura e de dor. Poderia ter optado pela personagem quando jovem ou destacado alguma característica física que lhe atribuísse um passado de formas generosas. Sem opulência corporal, ela é seca e descarnada:

> Susana chamava-se ela; trajava uma saia de grosseiro tecido de algodão preto, cuja orla chegava-lhe ao meio das pernas magras e descarnadas como todo o corpo: na cabeça tinha cingido um lenço encarnado e amarelo, que mal lhe ocultava as alvíssimas cãs.(REIS, 1988, p. 80).

A velha escrava, portanto, conta sua história, criando, assim, vínculo emocional com o leitor. *A priori,* a descrição superficial torna-se importante. Descrição superficial perfeitamente aceitável, pois a romancista nunca houvera saído do Maranhão e com certeza o que conhecia a respeito da África era o que havia lido e/ou ouvido falar. Mas, mesmo assim, dotada de imensa imaginação, transporta o leitor para a África, terra da então jovem Susana. "Sim, para que estas lágrimas?!... Dizes bem! Elas são inúteis, meu Deus; mas é um tributo de saudade, que não posso deixar de render a tudo quanto me foi caro! Liberdade! Liberdade... ah! Eu a gozei na minha mocidade!" – continuou Susana com amargura:

> Túlio, meu filho, ninguém a gozou mais ampla, não houve mulher alguma mais ditosa que eu. Tranquila no seio da felicidade, via despontar o sol rutilante e ardente de meu país e louca de prazer a essa hora matinal, em que tudo aí respira amor, eu corria às descarnadas e arenosas praias e aí com minhas jovens companheiras, brincando alegres, com o sorriso nos lábios, a paz no coração, divagávamos em busca das mil conchinhas, que bordam as brancas areias daquelas vastas praias. Ah! Meu filho! mais tarde deram-me em matrimônio a um homem, que amei como a luz dos meus olhos, e como penhor dessa união veio uma filha querida, em quem me revia, em quem tinha depositado todo o amor de minha alma: – uma filha que era minha vida, minhas ambições, a minha suprema ventura, veio selar tão santa união [...].(REIS, 1988, p. 83).

Arrancada da África e entregue ao cativeiro quando jovem, com o passar do tempo, e depois de ser propriedade de dois cruéis senhores, Susana é grata por encontrar na sua terceira senhora uma pessoa bondosa. Mas, velha e impossibilitada de retornar à sua casa, à sua família, sua verdadeira pátria, o único sentimento que a escrava se permite sentir é a gratidão provocada pela desesperança e medo de retornar a algum dono cruel e violento. Quando o jovem escravo comunica-lhe que vai partir com um rapaz branco que o alforriou, ela demonstra receio e incredulidade; sustentando que escravo forro não existia e que ele podia estar trocando uma senhora boa por um futuro incerto, e que "liberdade" só era possível na África, expressando aí um sentimento diaspórico[121], o sonho da terra prometida, o sonho de somente lá encontrar a liberdade. "Meu filho, acho bom

---

[121] HALL, Stuart. *Da diáspora: identidades e mediações culturais.* Belo Horizonte: UFMG, 2003, p. 434.

que te vás. Que te adianta trocar um cativeiro pelo outro! E sabes tu se aí o encontrarás melhor?[122]"

O jovem, nascido e vivido em cativeiro, no momento em que encontra alguém que paga o seu preço em espécie, vê-se liberto; mas para a escrava ele não possui a liberdade total, pois troca um cativeiro por outro. Ao comparar que se sentia tão livre quanto Susana teria sido, o jovem escravo faz com que a velha escrava seja tomada por lembranças de sua mocidade na África.

Ao descrever como fora a juventude da escrava, a escritora valoriza a negra, dando-lhe uma dimensão de mulher livre e feliz, e que outrora tivera uma vida normal, como uma boa infância/juventude, contraíra matrimônio, tivera filhos e principalmente amara, já que, no Brasil, a mulher escrava era encarada como objeto sexual, para satisfazer os desejos sexuais do patrão.

A autora denuncia a forma animalesca com que os negros eram tirados da África, de sua gente: ao contar sua captura, Susana chama os homens que a aprisionaram de "bárbaros". Maria Firmina dos Reis adota postura ideologicamente favorável ao negro, visto que, no Brasil, o colonizador europeu classificava a raça negra como povo pertencente a uma sub-raça bárbara, na intenção de colocá-la como primitiva. Só que o bárbaro é, em primeiro lugar, o homem que acredita na barbárie, denominação que na verdade aplicava-se mais ao procedimento europeu. Estava Susana a caminho do trabalho quando é aprisionada:

> [...] E logo dois homens apareceram, e amarraram-me com cordas. Era uma prisioneira – era uma escrava! Foi embalde que supliquei em nome de minha filha, que me restituíssem a liberdade: os bárbaros

---

[122] REIS, Maria Firmina dos. *Úrsula*. 3. ed. Rio de Janeiro: Presença; INL, 1988, p. 81.

> sorriam-se de minhas lágrimas, e olhavam-me sem compaixão. Julguei enlouquecer, julguei morrer, mas não me foi possível a sorte me reservava ainda longos combates [...].(REIS, 1988, p.82).

O desespero causado pelo aprisionamento é aos poucos "superado", porque o escravo fica anestesiado por situações cada vez piores pelas quais era obrigado a passar: a saudade dos parentes, a certeza de que jamais tornaria a vê-los, seguindo a desumana viagem em navios encarregados do transporte de africanos. O discurso da escritora sugere que as mortes de muitos africanos no interior desses navios não eram só pela saudade, mas, principalmente, pelas péssimas condições de sobrevivência. Pela forma como é feita a descrição da viagem compreende-se por que eles foram denominados "navios tumbeiros". A descrição feita pela personagem Susana aproxima-se muito do que acontecia na realidade. Como também fizera, em 1868, Castro Alves em seu "Navio negreiro":

> Meteram-me a mim e a mais trezentos companheiros de infortúnio e de cativeiro no estreito e infecto porão de um navio. Trinta dias de cruéis tormentos, e de falta absoluta de tudo quanto é mais necessário à vida; passamos nessa sepultura até que abordamos as praias brasileiras. Para caber a mercadoria humana no porão fomos amarrados em pé e para que não houvesse receio de revolta, acorrentados como animais ferozes das nossas matas, que se levam para recreio dos potentados da Europa. Dava-nos a água imunda, podre e dada com mesquinhez, a comida má e ainda mais porca; vimos morrer ao nosso lado muitos companheiros à falta de ar, de alimento e de água. (REIS, 1988, p.83).

A citação explicita os maus tratos aos quais o escravo era submetido, evidencia as agruras que eles sofriam. Mostra, por sua vez, a impossibilidade de reverter a situação, pois não lhe restava outra alternativa, a não ser aceitar a infeliz posição de cativo, ao tentar em vão rebelar-se. As punições eram muito piores:

> Nos dois últimos dias não houve mais alimento. Os mais insofridos entraram a vozear. Grande deus! Da escotilha lançaram sobre nós água e breu fervendo, que escaldou-nos e veio dar morte aos cabeças do motim.(REIS, 1988, p.83).

A escritora, remetendo-se à religião católica, que prega a igualdade entre os homens, "Deus criou o homem a sua imagem e semelhança", busca a igualdade entre as raças. Os grandes sistemas filosóficos e religiosos da humanidade (budismo, cristianismo, islamismo) proclamam uma igualdade que deve unir os povos, sem distinção de raça ou cultura: "É horrível lembrar que criaturas humanas tratem seus semelhantes assim que não lhes doa a consciência de levá-los à sepultura asfixiados e famintos!"[123]

O sentimento de igualdade é expresso pela exclamação de Susana, que não compreende como o europeu conseguia tratar o africano de forma tão cruel, reduzindo-o a animal ou objeto de pouco valor.

Ao transpor o oceano e aportar aqui, o escravo infeliz penetrava em um mundo diferente e sem regresso. O cativeiro é a verdadeira região da dor eterna: embota a sensibilidade do escravo e por meio da mutilação moral o conduz a um misto de embrutecimento e completo torpor: "A dor da perda da pátria, dos entes caros, da liberdade foram sufocados nessa viagem pelo horror constante de tamanhas atrocidades [...]"[124].

O trabalho insano e incessante, o alimento escasso e ruim, os castigos e as sevícias, as saudades da pátria ausente e perdida para

---

[123] Id., ibid., p. 82.
[124] Id., ibid., p. 83.

sempre, os tormentos físicos, reunidos às angústias morais, geravam em último resultado, em uns mais cedo, em outros depois de longo padecer, desespero ou tristeza, após os quais vinha a morte que às vezes até era antecipada pelo próprio escravo que não suportava tal condição. "Muitos não deixavam chegar a esse último extremo – davam-se à morte"[125]. Não nos esqueçamos de que, com sua aura paternalista, esse discurso, ao fim e ao cabo, prepara o terreno para as teses do "homem cordial", de Sérgio Buarque e outros, bem como da "democracia racial" freyreana. Ao publicar *Úrsula*, Maria Firmina desconstrói igualmente uma história literária etnocêntrica e masculina, até mesmo em suas ramificações afrodescendentes. *Úrsula* não é apenas o primeiro romance abolicionista da literatura brasileira, fato que poucos historiadores admitem. É também o primeiro romance da literatura afro-brasileira e faz companhia às *Trovas burlescas,* de Luiz Gama, também de 1859, no momento inaugural em que os remanescentes de escravos querem tomar com as mãos o sonho romântico de, através da literatura, construir um país sem opressão.

Como já foi dito, a escritora denuncia a cumplicidade e passividade da Igreja para com a escravidão: as ligações entre os padres e os senhores eram íntimas. Inicia, assim, o discurso anticlerical, ao denunciar a cumplicidade da Igreja com os senhores proprietários de escravos, pois, à medida que o Clero se beneficiava do poder econômico das classes dominantes, melhor servia aos seus interesses. A exemplo, o comentário do narrador de Úrsula, sobre a amizade entre o comendador Fernando P. e o capelão, o primeiro: "homem muito perverso, poderoso, estúpido e orgulhoso" e o segundo, "um santo

---

[125] Id., ibid., p. 83-84

homem que se submetia aos mandos e caprichos e era cúmplice do senhor". Na passagem a seguir fica explícito que o capelão agia somente por interesse próprio:

> O comendador, talvez mais por ostentação que por sentimentos religiosos, tinha em sua casa um capelão, que era voz pública ser-lhe muito dedicado em conseqüência de altos favores feitos pelos pais de Fernando à sua família. Fosse pelo que fosse, o capelão de Fernando P... dizia-se amigo deste, e isso causava a todos admiração; porque o comendador era um homem detestável e rancoroso, o sacerdote parecia ser um santo varão. Por singular anomalia, estes dois homens pareciam querer-se, ou suportam-se reciprocamente e essa união dava-lhes a reputação de íntimos amigos.(REIS, 1988, p.123).

Quando é ordenada a captura de Susana por Fernando P., o padre faz parte da comitiva que sai à procura da velha escrava, acusada de tentar proteger os noivos que se encontram fugidos. A figura conivente advém do fato de manter-se calado, somente assistindo. Quando toma a iniciativa de defender a negra, declarando-a inocente e dizendo que quem condena o inocente é condenado ao inferno, é coberto de insultos por Fernando, sequioso de vingança: – "Mentes, padre maldito! A Vossa doutrina não escutarei nunca [...] – Cala-te, cala-te, estúpido que és!"[126]

A escrava Susana, que possui perfeita consciência de ser oprimida, vê na morte o único meio de alcançar o que outrora gozava na mocidade, tanto que lhe é oferecida uma oportunidade de fuga antes da sentença de morte, oferta que é recusada pelo fato de ela ser inocente, e inocente não foge. Recusando-se a fugir e enfrentando a morte ordenada pelo tio de Úrsula, o mundo não

---
[126] Id., ibid., p. 124.

será mais para ela nenhum obstáculo à sua própria autorrealização, ou seja, a liberdade. A morte seria sua redenção. Assim pregava a religião: aos oprimidos na terra a salvação no céu.

Os africanos, no livro, têm seu próprio código ético e agem de acordo com ele. Têm sua própria noção de bem. Por exemplo, Susana acaba morrendo, não porque não queira trair o jovem casal que fugira do vilão, mas porque se nega a ajudar Fernando em qualquer circunstância. Ela verte lágrimas como "tributo de saudade" ao que lhe foi caro e à liberdade. Susana não é, como as mulheres brancas, esposas da trama, vítimas de maridos, que derramam lágrimas de impotência por não conseguirem agir, mudar nada, nem serem ouvidas. Túlio demonstra sabedoria, apesar da pouca idade, e suas reflexões mostram um espírito que poderia ter sido desenvolvido intelectualmente e que não o fora devido à escravidão e à segregação que se lhe seguiu de forma disfarçada na vida nacional brasileira. O jovem escravo clama pela libertação de seu corpo e de toda a sua raça, porém, seu pensamento mostra-se cônscio de que a escravidão restringia-se ao corpo, já que sua alma e seu pensamento eram-lhe propriedades únicas e inexoráveis. Segue o extrato comprobatório do que foi afirmado na própria voz de Túlio:

> Oh! A mente isso sim ninguém a pode escravizar! Nas asas do pensamento o homem remonta-se aos ardentes sertões da África, vê os areais sem fim da pátria e procura abrigar-se debaixo daquelas árvores sombrias do oásis, quando o sol requeima e o vento sopra quente e abrasador: vê a tamareira benéfica junto à fonte, que lhe amacia a garganta. (REIS, 1988, p. 35-36).

Chama a atenção, mais uma vez, o fato de esse romance dar voz a um afro-brasileiro, um escravo cujo pensamento não só denuncia a odiosa e inaceitável escravidão, mas, também, desconstrói todo e qualquer discurso que advogue no sentido da supremacia de uma raça sobre outra ou outras.

A perspectiva pioneira em que Maria Firmina descreve a escravidão, em Úrsula, só vamos encontrar semelhante no cotejo das memórias de Mahommah Gardo Baquaqua – narrativa que se reveste de especial importância, tendo em vista sua odisseia incomum, de alguém capturado na África Ocidental em *Borgu*, pertencente a uma família de comerciante por parte de mãe, que parece ter sido educado logo nos seus primeiros anos em sua língua, jogado em um navio negreiro, primeiro para Pernambuco, em seguida vários outros destinos: Rio de Janeiro, Cidade de Nova Iorque, Haiti, Canadá e Inglaterra. Alcança liberdade na cidade de Nova Iorque, em 1847.

Ele desembarca em Recife, em 1845, tendo sido comprado, nesta cidade por um padeiro, mas devido a sua rebeldia foi vendido. Clemente José da Costa, seu novo dono, era um capitão e coproprietário do navio *Lembranças*. Baquaqua passou, então, a servir a bordo do navio, juntamente com outro escravo, José da Rocha. O escravo Baquaqua passa a ter um novo nome, José da Costa, identidade ligada ao seu dono. Em duas viagens, para o sul do Brasil, embarcando carne seca para transportar para o Rio. Essas viagens segundo Paul E. Lovejoy datam do final de 1846 e início de 1847.

Conforme Paul E. Lovejoy[127], a viagem seguinte de Baquaqua, em 24 de abril de 1847 no *Lembranças*, transportando café para Nova Iorque, foi sua passagem para a liberdade. Na época,

---

[127] LOVEJOY, Paul E. Identidade e a miragem da etnicidade: a jornada de Mahommah Gardo Baquaqua para as Américas. *Afro-Ásia*, Centro de Estudos Afro-Orientais, CEAO da FFCH-UFBa, n. 27, p. 9-39, 2002. Ver também: VAINFAS, Ronaldo (Org.). *Dicionário do Brasil Imperial* (1822-1889). Rio de Janeiro: Objetiva, 2002. p. 76-78.

Baquaqua era tanto um escravo pertencente ao capitão do navio, como também um membro da tripulação, e, assim, ele foi identificado em Nova Iorque como "brasileiro". O autor nos informa que ele foi incitado por abolicionistas locais e açulado por severos castigos físicos. Baquaqua, junto com seu compatriota, pulou do navio, em busca de "liberdade", que ele descreve de maneira tocante suas memórias autobiográficas. Na época, o caso dos dois homens, identificado como "brasileiro", atraiu a atenção da imprensa local em Nova Iorque. Baquaqua e seu companheiro foram colocados na prisão. Posteriormente sendo identificados como tripulantes do navio brasileiro, deveriam retornar à sua tripulação, dados os termos do tratado de reciprocidade entre o Brasil e os Estados Unidos. Mas Baquaqua e seu amigo desapareceram misteriosamente da prisão na Eldridge Stree, na noite de 9 de agosto. O carcereiro admitiu que havia caído no sono e deixado as chaves da cela sobre a escrivaninha.

Lovejoy diz em seu estudo que Garbo Baquaqua abandonou seu nome português no Haiti, passando a adotar a identidade de origem mulçumana, como demonstra na correspondência com sua mulher, e nos trajes, de acordo com uma notícia na gazeta de Magrawville, deixando de vez não só o nome português, mas a religião que lhe foi imposta no Brasil por seu dono. No Central College, Baquaqua matriculou-se no departamento primário, mas estava destinado a uma carreira de missionário, com o claro objetivo de retornar à África. No final de janeiro de 1854, ele deixou MeGrawville indo para o Canadá, embora não se saiba exatamente onde. Não obstante, ele conseguiu documentos de naturalização, tornando-se um súdito britânico. Garbo Baquaqua publica em Dretroit um livro narrando sua trajetória de escravo, conforme registro no cartório do escrivão da Corte Distrital de Michigan (EUA em 21 de agosto de 1854). Com a autobiografia, tornou-se, no dizer de Lovejoy, um dos. primeiros africanos, senão o primeiro, a publicar suas memórias.

Considerado de caráter documental, o texto autobiografia de Garbo Baquaqua, antecede em cinco anos o romance de Maria Firmina dos Reis e confirma em muitos momentos o tom e, mesmo, diversos detalhes do inferno narrado pela romancista. Ao descrever a travessia do oceano, ele afirma:

> Quando estávamos prontos para embarcar, fomos acorrentados uns aos outros e amarrados com cordas pelo pescoço e assim arrastados para a beira-mar. [...] O primeiro barco alcançou o navio com segurança, apesar dos fortes ventos e do mar agitado; o próximo a se aventurar, porém, emborcou e todos se afogaram, Fui colocado no próximo que seguiu rumo ao navio. Deus houve por bem me poupar, talvez por alguma razão. Fui então colocado no mais horrível de todos os lugares. Seus horrores, ah! Quem pode descrever? Ninguém pode retratar seus horrores tão fielmente como o pobre desventurado, o miserável desgraçado que tenha confinado em seus portais. Oh! amigos da humanidade, tenham piedade do pobre africano, alijado e afastado de seus amigos e de seu lar, ao ser vendido e depositado no porão de um navio negreiro entre religiosos e benevolentes.[...] Fomos arremessados, nus, porão adentro, os homens apinhados de lado e as mulheres do outro. O porão era tão baixo que não podíamos ficar de pé, éramos obrigados a nos agachar ou sentar no chão. Noite e dia eram iguais para nós, o sono nos sendo negado devido ao confinamento de nossos corpos. [...] A única comida que tivemos durante a viagem foi milho velho cozido. Não posso dizer quanto tempo ficamos confinados assim, mas pareceu ser muito tempo. Sofríamos muito por falta de água, que nos era negada na medida de nossas necessidades. Um quartilho por dia era tudo o que nos permitiam e nada mais. [...] Muitos escravos morreram no percurso. [...] Qualquer um de nós [que] se tornava rebelde, sua carne era cortada com uma faca e o corte esfregado com pimenta e vinagre para torná-lo pacífico (!). [...] Como os demais, fiquei muito marcado de início, mas nosso sofrimento não causou preocupação

alguma aos nossos brutais donos. [...] Alguns foram jogados ao mar antes que o o último suspiro exalasse de seus corpos. [...] Chegando em Pernambuco, América do Sul [...].(BAQUAQUA,1988)[128]

Como se vê, a ficção e a autobiografia iluminam-se mutuamente e confluem na condenação da desumanidade do tráfico e da forma como era exercida pelos negreiros. A semelhança ostentada pelos dois textos, tão distantes geograficamente um do outro, é espantosa, pois está no tom indignado, transposto numa discursividade que chega a apelar a Deus como emblema maior da justiça. Passa pela denúncia do assassinato como forma de coerção, até descer a detalhes escabrosos da "sepultura" representada pelo porão do navio. Ademais, tanto na tortura sádica e prolongada, quanto na eliminação pela queimadura, ambos enfatizam o embrutecimento dos mercadores de escravos, que tratam sua "mercadoria" pior que a animais.

Desse modo, a especificidade que distingue a narrativa biográfica da ficcional se dissolve nos porões onde habita a memória da dor. E a distância que separa Detroit de Guimarães, no Maranhão, desaparece nas histórias comuns à história do Atlântico Negro. Vozes aparentemente isoladas, Maria Firmina e Mahommah Baquaqua, se bifurcam na mão afrodescendente que busca na escrita o gesto político e se irmanam na construção da identidade diaspórica que celebra a África e repudia a escravidão.

Ambos os textos levam o leitor a indagar sobre a barbárie e a respeito de quem verdadeiramente é o civilizado. O romance de

---

[128] BAQUAQUA, Mahommah Gardo. *Biography of Mahommah G. Baquaqua*. A native of Zoogoo, in the interior of Africa. Edited by Samuel Moore, Esq. Detroit: George E. Pomery and Co, Tribune Office, 1854, apud NUSSENZWEIG, Sonia. Trad. *Revista Brasileira de História*, São Paulo, ANPUH/Marco Zero, v. 8, n. 16, mar./ago. 1988.

Maria Firmina e a autobiografia de Baquaqua fornecem elementos acerca do pacto psicológico da jornada ao longo das rotas escravagistas e da real situação de barbárie a que o povo africano foi submetido. Na autobiografia de Baquaqua e no romance *Úrsula* outros pontos em comum podem ser encontrados: a fuga do Túlio do cativeiro, sua determinação pela liberdade e as redes humanitárias existentes a favor do negro.

Portanto, mais do que apontar outras direções para a compreensão de nosso passado histórico, *Úrsula* pinta os quadros sociais daquele meio distante da Corte, cuja cultura ainda hoje se faz carente de divulgação junto ao grande público brasileiro do Sul e Sudeste do País. Túlio, Susana e Antero são personagens representativos de afro-brasileiros conscientes de sua condição e de seu potencial enquanto indivíduo e enquanto raça.

3.1.2 Matizes românticos em *Úrsula*: consonâncias e dissonâncias

O romance *Úrsula* não se esgota somente na questão do discurso antiescravagista. Pode ser analisado sob o viés do processo de construção da nação, um dos princípios norteadores dos autores brasileiros no século. Outras leituras poderão ser feitas, uma vez que o poder de análise de uma obra artística é inesgotável. *Úrsula* tem se mostrado um grande manancial da estética romântica, o que pode ser entendido como adequação ao momento literário e ascensão do romance no Brasil no século XIX, edificando os ideais do "bom selvagem" de Rousseau e os preceitos da estética que procuravam se firmar num país pós-independência, valorizando o ideário da cor local. Haja vista as referências feitas pelos escritores em suas obras a autores como Vitor Hugo, Chateaubrand, Alexandre Dumas, Walter Scott, Saint-Pierre, Balzac, entre outros.

Maria Firmina, assim como os outros escritores românticos do século XIX, que escreveram tanto poesia como prosa, pintou sua obra com matizes nacionalistas ou nativistas. Antônio Candido faz a seguinte observação:

> Descrever costumes, paisagens, fatos, sentimentos carregados de sentido nacional, era libertar-se do jugo da literatura clássica, universal, comum a todos, preestabelecida, demasiada abstrata afirmando em contraposição o concreto, o espontâneo, característico, particular. (CANDIDO, 2000, p. 16)

O autor nos informa ainda os temas dentre os nacionais: a celebração da natureza, seja como realidade presente, seja evocando o passado, obteve uma atenção especial, principalmente em autores como Gonçalves Dias e José de Alencar, obviamente, sem deixar de fora o indianismo, que teve seu momento áureo no decênio de 40 e no decênio de 60, do século XIX.

O jornalista maranhense João Francisco Lisboa[129] diz que "um dos fatores do indianismo teria sido a natural reação contra os desmandos e violências do colonizador, por parte dos que estudavam o passado brasileiro". Neste sentido, acrescenta o autor, caíram no extremo oposto, louvando o índio e vituperando o português com igual demasia.

Para Regina Zilberman[130], na literatura, o Romantismo brasileiro precisava da natureza que lhe assegurava os princípios

---

[129] LISBOA, João Francisco, Obras. v. 2. p. 200.
[130] ZILBERMAN, Regina. *A terra em que nasceste; imagens do Brasil na literatura.* Porto Alegre: Ed. da UFRGS, 1994, p. 33.

básicos da sua poética: naturalidade, originalidade e identidade, avais do nacionalismo da literatura.

A escritora Maria Firmina, como participante dessa escola na sua fase inicial, concebeu sua obra com as nuances desse projeto de construção de uma identidade nacional.

O romance foi escrito 37 anos após a Independência, quando, abandonando estatuto de país essencialmente agrícola, o Brasil se encaminhava para uma economia marcada pela industrialização crescente, pela luta contra a escravatura, pelo desejo de construção de uma República. "Quem somos nós?" Parecem indagar nossos primeiros autores. Estas indagações desembocaram, como não poderia deixar de ser, em dois elementos que caracterizariam e concretizariam a ideia de nação e do modo como a literatura a exprimiu. Uma nação é, aqui, um aglomerado de pessoas falando uma mesma língua, habitando um mesmo país, unidas por certo número de ideias que lhes determinam o viver e às quais preocupa um projeto global que sustentaria a noção mesma de nação.

O romance *Úrsula* pode ser inserido no círculo daqueles autores, à maneira de José de Alencar, por exemplo, que exprimem em sua narrativa o sonho da construção de uma nação brasileira, com tudo o que isso implica de utilização de elementos unificadores ou denotativos do desejo de encontrar e descrever o mais caracteristicamente nacional, a preocupação com a paisagem e a valorização da cultura local. Anos depois dela, José de Alencar faria da paisagem um lugar de dramatização da brasilidade.

> A vegetação nessas paragens ostentava outrora todo o seu luxo e vigor; florestas virgens se estendiam ao longo das margens do rio, que corria no meio das arcarias de verdura e dos capitéis formados pelos

> leques das palmeiras. Tudo era grande e pomposo no cenário que a natureza, sublime artista, tinha decorado para os dramas majestosos dos elementos, em que o homem é apenas um simples comparsa.(ALENCAR, 1990,p.26)

O homem se dirige à paisagem, faz corpo com ela, irmana-se a ela, como nessa passagem de *O Guarani*: "Tudo era grande e pomposo no cenário que a natureza, sublime artista, tinha decorado para os dramas majestosos dos elementos em que o homem é apenas um simples comparsa Maria Firmina parece ter entendido que o Brasil não era apenas uma comunidade espiritual unida por ideais comuns, mas, antes de tudo, uma mesma paisagem, que ela se compraz em descrever, por amansar o homem e torná-lo feliz:

> E a sua beleza é amena e doce, e o exíguo esquife, que vai cortando as suas águas hibernais mansas e quedas, e o homem, que sem custo o guia, e que sente vaga sensação de melancólico enlevo, desprende com mavioso acento um canto de harmoniosa saudade, despertado pela grandeza dessas águas que sulca.
> É às águas, e a esses vastíssimos campos que o homem oferece seus cânticos de amor? Não, por certo. Esses hinos, cujos acentos perdem-se no espaço, são como notas duma harpa eólia, arrancadas pelo roçar da brisa; ou como o sussurrar da folhagem em mata espessa. Esses carmes de amor e de saudade o homem os oferece a Deus. (REIS,1988,p.42)

A natureza é apresentada de forma esplendorosa e já na abertura do livro percebe-se a ligação espiritual com o ambiente natural, o qual ganha contornos de templo na alma e na visão de mundo. O narrador, num tom solene, leva o leitor a adentrar num idílio com uma apresentação ufanista, amorosa e complacente dessa paisagem, que, suave e tranquila, se reflete no coração e na alma daqueles que a habitam, transformando-os, marcando-os do sentimento de religiosidade.

A consonância da obra com o Romantismo também é materializada na figura do jovem Tancredo. Ele porta-se como um cavaleiro medieval, um vassalo a serviço de sua amada, luta até a morte para defendê-la:

> – Úrsula, casto é o meu amor, e se o não fora, por prêmio de tanto desvelo e generosidade, não *vô-lo oferecera*. No meu delírio, Úrsula, não éreis vos quem me aparecia, oh! Não [...] Sim, julguei morrer; mas vós aparecestes junto ao meu leito, vi-vos, e as dores se amodorraram, e como se eu visse a Senhora dos Aflitos levando à minha cabeceira um dos anjos que a rodeiam, e que lançou bálsamo divinal em minhas feridas, que se cicatrizaram e o coração serenou, a alma ficou livre. Então a imagem odiosa, que me perseguia desapareceu para sempre.[192] (Grifo nosso), (REIS,1988, p.42-43)

Com o romance *Úrsula*, Maria Firmina dos Reis escreveu uma obra marcada pelo que poderíamos chamar hoje de sentimento de brasilidade: a jovem professora maranhense sente na pele e exprime, sob forma artística, a problemática racial que mina as relações dos brasileiros de então. Ela anseia por uma pátria sem preconceitos e sem castas, uma pátria em que se atenuam as diferenças de classes. Uma pátria na qual uma mulher possa chegar a ter bastante cultura para escrever como escrevem os homens – o que, diga-se de passagem, ela bem o faz: igualdade racial, igualdade social, igualdade sexual. Problematizando, através do texto literário, todas essas questões, Maria Firmina se coloca diante de nós como uma escritora consciente das questões que moviam o Brasil de então, em marcha para a construção da democracia. E o faz através de um texto forte, incisivo, dramático, bem escrito, não raro, belo. Situa-se, desse modo, como autora de um autêntico texto literário.

O narrador faz rápidas intervenções ao dirigir-se ao leitor, não especifica o público feminino, volta-se principalmente ao público masculino. Esse recurso foi muito usado pelos autores românticos, haja vista as cenas de leitura e escrita protagonizadas pelas personagens de Alencar, Macedo e Machado de Assis, bem como menções feitas ao leitor. Utilizam-se outros processos comunicativos como cartas, bilhetes e epígrafes. Na obra em análise, o leitor toma conhecimento do tio de Úrsula através de uma carta enviada à sua mãe. Úrsula faz a leitura. A cena infere, além de um exercício de letramento, um ato de representação de leitura. Mostra-se, com isso, que a autora exercia seu estatuto de mulher informada quanto a importância da educação feminina.

> A moça voltou para junto de sua mãe, e apresentou-lhe a carta, trêmula e desassossegada.
> Uma carta! – exclamou esta. – E donde virá ela?
> Lede-a, minha filha.
> "Luísa, minha cara irmã".
> É de teu tio – exclamou a mãe confusa e assustada.– Que me quererá?!
> (REIS, 1988, p.96)

Portanto, a inferência que se faz, a partir do fragmento acima, é que a autora dramatiza a mulher leitora em pleno sertão nordestino no século XIX, quando, até mesmo no Sul, as taxas de analfabetismo eram grandes. A mulher, na sua obra, exerce a leitura e a escrita sem nenhuma tutela. Com isso, Maria Firmina enfatiza a importância da educação feminina.

Ao longo da narrativa firminiana, as personagens femininas

ora entram em consonância com as imagens das heroínas românticas do século XIX, ora rompem com os estereótipos, num deslocamento que ambiciona entrar em sincronia com os novos tempos.

Adelaide inicia como uma mártir sofredora que vê seu amor escapar, mas, como se observa, ela reverte o jogo. A imagem de Adelaide está mais ligada à mulher do povo, permissiva, que se submete a tudo pela sobrevivência. Passa de agregada à amante. No imaginário do século XIX, Adelaide representa a imagem das diabas, sereias e medusas, enfim, o símbolo da luxúria[131]:

> – Mulher odiosa! Eu vos amaldiçôo. Por cada um dos transportes de ternura, que outrora meu coração vos deu, tende um pungir agudo de profunda dor; e a dor, que me dilacera agora a alma, seja a partilha vossa na hora derradeira. Por cada uma só das lágrimas de minha mãe choreis um pranto amargo; mas árido como um campo pedregoso, doido como a desesperação de um amor traído. [...] O fel de um profundo, mas irremediável remorso, vos envenene o futuro, e desejado prazer, e no meio da opulência e do luxo, firam-vos sem tréguas os insultos de impiedosa sorte. Arfe vosso peito, e estale por magoados suspiros, e ninguém os escute; e sobre esse sofrimento terrível cuspam os homens, e riam-se de vós (REIS ,1988.p. 67-68)

Com *Úrsula*, a autora tipifica a representação da mulher na sociedade patriarcal, enfocando a relação hierárquica e violenta entre esposo e esposa, ou entre homem e mulher, o que é já reprovado por Tancredo, a principal personagem masculina do texto, único filho do casal, é ele próprio quem relata a tirania do pai. Observe-se que a autora coloca a voz masculina para criticar o machismo imperante, o que faz pela forte denúncia do modo de ser feminino num mundo

---

[131] PRIORE, Mary Del. *Ao sul do corpo*: condição feminina e maternidades e mentalidades no Brasil Colônia. Rio de Janeiro: José Olympio, 1993.

de comando masculino, como se coisa natural fosse. Podem até parecer estranhas as palavras na boca de homem, demonstrando, além da denúncia, o desejo da igualdade de gênero:

> E eu vi essa mulher, que me dera à vida, essa mulher, que era o ídolo do meu coração, e lancei-me nos seus braços, chorando de alegria por tornar a vê-la; mas ela estava desfeita, e suas feições denunciavam grande abatimento moral.(REIS, 1988. p. 91-92)

As expressões, "estava desfeita" e "grande abatimento moral", podem sugerir a situação da mulher do Brasil à época. A personagem em questão é um exemplar antecedente das atuais brasileiras, que não raro endossa os ditames do patriarcalismo. Tancredo, como porta-voz, compreende o mundo masculino e o peso da violência machista nas suas variantes:

> Não sei por quê, mas nunca pude dedicar a meu pai amor filial que rivalizasse com aquele que sentia por minha mãe, e sabeis por quê? É que entre ele e sua esposa estava colocado o mais despótico poder: meu pai era o tirano de sua mulher; e ela, triste vítima, chorava em silêncio, e resignava-se com sublime brandura. (REIS, 1988. p. 94-95).

Em reforço, retrata o quadro a seguir, mostrando que a violência do seu pai contra sua mãe também o estigmatizara. É nessa altura que Tancredo começa a adquirir consciência do que é ser mulher ou estar em um ambiente androcrático, como se evidencia:

> Meu pai era para com ela um homem desapiedado e orgulhoso – minha mãe era uma santa e humilde mulher. Quantas vezes na infância, malgrado meu, testemunhei cenas dolorosas que magoavam, e de louca prepotência, que revoltavam! E meu coração alvoroçava-se nestas ocasiões, apesar das prudentes admoestações de minha pobre mãe. (REIS, 1988. p. 48-49).

Com isso, vê-se como eram as relações homem/mulher, em que o lado feminino é despoticamente inferiorizado como se tal fosse uma atitude legítima e natural ou correta, com inteiro respaldo de instituições como a Igreja. Esta, em vez de oferecer mecanismos que levassem à libertação e à igualdade dos gêneros – partes de uma mesma espécie – antes pregava discrição, conformação, pureza, virtude e santidade no desempenho do ser esposa e, por esse meio, a responsabilidade pelo exímio dever de guardar a honradez masculina. A respeito dessa relação homem/mulher, Saffioti informa que as relações entre os sexos em geral constituem parte de um sistema de dominação mais amplo. Acrescenta:

> Assim sendo, o exame do tópico acima enunciado (posição social da mulher na ordem escravocrata-senhorial e suas sobrevivências na sociedade atual) exige que se caracterize a forma pela qual se organizava e distribuía o poder na sociedade escravocrata brasileira, época em que se formavam certos complexos sociais justificados hoje em nome da tradição. À luz desta tradição procurar-se-á encontrar explicações para a vigência, ainda hoje, dos mitos e preconceitos através dos quais a sociedade atual tenta justificar a exclusão da mulher de determinadas tarefas e mantê-las, assim, no exercício quase exclusivo de seus papeis tradicionais e das ocupações reconhecidamente femininas. (SAFFIOTI, 1999. p. 169.)

A autora de *Úrsula*, na tentativa de viver em sincronia com o seu tempo, talvez tenha sido influenciada pelos modelos literários existentes e reproduz alguns estereótipos do universo masculino em relação à representação da mulher. Faz comparações da figura feminina com flores e anjos, e ressalta sempre a fragilidade, dentre outros. *Úrsula* caracteriza-se, sobretudo, como um romance pioneiro pelos temas abordados e que nos permite, no século XXI, um olhar crítico para nosso passado histórico e a constatação de que o mesmo deve ser reconstituído e sua visão ampliada, o que pode ser propiciado por obras literárias e outras formas de expressão cultural que, ou foram deixadas de lado pelo cânone oficial de nossas Belas Letras ou, como se supõe, nem sequer foram levadas em conta.

O romance *Úrsula*, de Maria Firmina dos Reis, mais do que um resgate, merece ser inserido no conjunto de obras que caracterizam o nosso período romântico, destacando-se pela audácia com que enfrentou os preconceitos da ordem canônica e social, ao tratar questões pertinentes aos afro-brasileiros e relações tidas como incestuosas no primeiro momento em que o leitor desatento se depara com a obra.

3.3 Questões Míticas e Religiosas

Para entender e definir o que seja mito, é imprescindível que se retorne às origens, ou seja, as suas significações primeiras. Jean-Pierre Vernant[132], abordando a questão do mito e da sua relação com a sociedade em que está inserido, parte da distinção entre *mythos* e *logos*. Segundo o autor, inicialmente, *mythos* e *logos* não se opunham; o distanciamento, entre o pensamento mítico e o pensamento lógico só se estabeleceu entre os séculos oitavo e quarto a.C. Para esse distanciamento contribuiu o surgimento da palavra escrita, que inaugura nova forma de pensamento. A escrita marca, conforme o autor, um estágio mais avançado do pensamento, pois a "organização do discurso escrito é paralela a uma análise mais cerrada, um ordenamento mais estrito da matéria conceitual[133]".

---

[132] VERNANT, Jean-Pierre. *Mito e sociedade na Grécia antiga*. Rio de Janeiro: J. Olympio, 1992. p. 221.
[133] Id., ibid., p. 173.

Vernant diz que, em um orador como Górgias[134] ou em um historiador como Tucídides[135], o jogo regulado das antíteses na retórica equilibrada do discurso escrito, recortando, distribuindo, opondo termo a termo os elementos fundamentais da situação a descrever, funciona como uma verdadeira ferramenta lógica conferindo à inteligência verbal domínio sobre o real. Acresce que a lógica de Aristóteles está bastante ligada à língua na qual pensa o filósofo; mas o filósofo pensa numa língua que é a do escrito filosófico. Postula ainda que:

> Na e pela literatura escrita instaura-se esse tipo de discurso onde o *logos* não é mais somente palavra, [como o *mythos*], onde ele assumiu o valor de racionalidade demonstrativa e se contrapõe, nesse plano, tanto pela forma quanto pelo fundo, palavra *mythos*. (VERNANT. 1992. p. 174).

A palavra falada e a palavra escrita se opõem também pelos seus efeitos sobre os ouvintes/leitores. Enquanto a mensagem escrita exige uma postura mais éria e crítica do leitor, a mensagem falada supre uma relação de prazer, ou seja, de acordo com o pensamento grego:

> De um lado colocaram o prazer inerente à palavra falada: incluindo a mensagem oral, esse prazer nasce e morre com o discurso que suscitou; de outro, do lado da escrita, colocaram o útil, visado por um texto escrito que se pode conservar sob os olhos e que retém em si um ensinamento cujo valor é durável. (VERNANT. 1992. p. 174).

Estabelece-se, assim, a distinção, entre *mythos* e *logos,* sendo o primeiro, localizado na ordem do fascinante, do fabuloso, do maravilhoso, e o segundo, na ordem do verdadeiro e do inteligível.

---

[134] Filósofo grego, sofista que viveu 485 e 480 a.C.
[135] Historiador grego que viveu entre 460 a.C. e 455 a.C.

Vernant aponta para outra noção entre *mito e história*. A forma mítica refere-se a um passado longínquo demais para poder ser apreendido; já a história abarca o passado mais recente, que pode ser testemunhado e que tem uma existência real no tempo humano. Também aqui o mito se insere no âmbito do fabuloso, ao contrário da história, que se pretende verdadeira. Afastando-se da filosofia, da história, e das ciências de um modo geral, é no campo da literatura que o mito vai encontrar abrigo, e é aí que terá continuidade, ainda que sofrendo algumas alterações. Entretanto, para entendermos em que medida se dão essas alterações, é necessário que se compreenda, primeiramente, o funcionamento do mito primitivo.

Segundo Mircea Eliade, nas sociedades arcaicas, o mito representa uma "história verdadeira" possuindo um "caráter sagrado, exemplar e significativo"[136]. Nessas sociedades, a narrativa mítica desempenha uma função dentro da estrutura social, afastando-se do sentido de simples e fabulação encantatória. Ele define o mito:

> O mito conta uma história sagrada; ele relata um acontecimento ocorrido no tempo primordial, o tempo fabuloso do "princípio". Em outros termos, o mito narra como, graças às façanhas dos Entes Sobrenaturais, uma realidade passou a existir, seja uma realidade total, o Cosmo, ou apenas um fragmento: uma ilha, uma espécie vegetal, um comportamento humano, uma instituição. É sempre, portanto, a narrativa de uma "criação": ele relata de que modo algo foi produzido e começou a *ser*. O mito fala do que *realmente* ocorreu, do que se manifestou plenamente. (ELIADE 1972. p. 182).

Desse modo, os mitos falam do que "realmente ocorreu", ou seja, das coisas do mundo real, que vieram à existência por obra do

---

[136] Id., ibid., p. 7.

divino ou do sobrenatural. Por ser uma narrativa que descreve "as erupções do sagrado" no mundo, o mito serve de "modelo exemplar de todas as atividades humanas significativas", sendo a principal função do mito revelar esses modelos[137]. Nas sociedades arcaicas, o caráter sagrado e verdadeiro do mito o distingue das "histórias falsas" ou profanas. Os mitos descrevem acontecimentos que dizem respeito ao ser humano; relatam não apenas a origem das coisas, mas os acontecimentos primordiais que determinaram a condição, do homem no mundo e o constituíram tal como ele é. Já as "histórias falsas" relatam acontecimentos que não modificaram as condições humanas, que não a determinaram na sua essência.

Discorrendo sobre o caráter constitutivo do mito, Eliade estabelece uma relação entre o mito e a história. Da mesma forma que o homem moderno é constituído pela História, o homem primitivo é constituído pelos eventos que os mitos relatam. A diferença é que a História é linear e irreversível, ao passo que a narrativa mítica se assenta sobre a intemporalidade, e o homem primitivo precisa não só conhecê-la, mas também reatualizá-la. Para o homem das sociedades arcaicas, conhecer os mitos é aprender o segredo da origem das coisas e, conhecendo essa origem, o homem é capaz de repetir o ato criador quando se fizer necessário. Porém, na maioria dos casos, para repetir o ato da criação, é necessário não só conhecer o mito de origem, mas também recitá-lo. Evidencia-se aqui o poder criador da palavra[138].

Sobre o assunto, Ernst Cassirer (1985) diz que, em todas as cosmogonias míticas, a palavra assume um caráter de arquipotência,

---

[137] Id., ibid., p. 11.
[138] Id., ibid., p. 11.

sobrepondo-se ao poder dos próprios deuses ou confundindo-se com eles. Analisando essa relação entre o mito e a linguagem. Cassirer aponta para a possível existência de uma raiz comum que une consciência linguística e consciência mítica, assentando, finalmente, que ambas repousam sobre uma mesma forma de concepção mental: o pensar metafórico. Chamando a atenção para a "relação ideacional" entre a forma linguística e a forma mítica, Cassirer aponta, ainda, a influência recíproca de uma sobre a outra:

> A linguagem e o mito se acham originalmente em correlação indissociável, da qual só aos poucos cada um se vai desprendendo como membro independente. Ambos são ramos diversos da mesma informação simbólica, seja linguística, seja mítica da sensorial. Ambos são ramos diversos do mesmo impulso de informação simbólica que brota de um mesmo ato fundamental e da elaboração espiritual, da concentração e elevação da simples percepção sensorial. (CASSIRER, 1985p.106)

Na linguagem, como no mito, ocorre uma transposição simbólica do conteúdo sensível em uma conformação objetiva. As metáforas linguísticas e míticas nascem ambas do mesmo esforço de concentração da percepção sensorial, peculiar a toda informação seja linguística, seja mítica.

Nesse ponto, é importante observar o contraste que se evidencia entre a conceituação lógico-discursiva e a mítico-linguística. O primeiro tipo de formação de conceitos caracteriza-se por um esforço de ampliação sintética, de reunião das partes com o todo, sem que haja, no entanto, perda da delimitação de cada uma das partes. Na conceituação mítico-linguística, ao contrário, observa-se um esforço de concentração e de nivelamento, de apagamento das diferenças específicas.

É, a partir dessa distinção, que se pode compreender o estancamento gradual entre linguagem e mito. Enquanto nas formações míticas atua apenas o tipo de conceituação mítico-linguística, na linguagem atua também a força do *logos*. Essa força aumenta à medida que o espírito evolui, reduzindo o poder figurador original da palavra e reduzindo-a cada vez mais a mero signo conceitual. Esse caráter metafórico original da linguagem, que a aproxima do mito, não é, no entanto, totalmente suprimido; ele sobrevive na expressão artística, especialmente na poesia lírica, onde a conexão entre linguagem e mito se torna mais evidente.

Como Cassirer salienta, no início tudo estava unido – a arte, a religião, a ciência –, e o mito pode mesmo ser considerado uma primeira tentativa de racionalização sobre as coisas. Com a evolução do espírito, esses campos, antes interligados, vão se individualizando e afastando progressivamente. À medida que o pensamento lógico-científico vai-se desenvolvendo e conquistando sua supremacia sobre o pensamento mítico, este vai se restringindo cada vez mais ao campo da imaginação e do devaneio, ou seja, ao campo da arte.

Claude Lévi-Strauss[139], tratando da questão da morte dos mitos, analisa as alterações que eles vão sofrendo ao longo do tempo, detectando duas formas degenerativas do mito: a lenda e a elaboração romanesca. Em ambas as formas o mito perde o estatuto de narrativa fundadora, assumindo outras funções, como, por exemplo, no caso da lenda, a função de legitimação histórica. Percebe-se, em qualquer um dos casos, a extenuação da formação mítica, sem, no entanto, verificar-se seu total desaparecimento.

---

[139] LÉVI-STRAUSS, Claude. *Antropologia estrutural*. 6. ed. Rio de Janeiro: Tempo Brasileiro, 2003. p. 456.

É, no entanto, com o advento da psicanálise que o mito é reabilitado, passando a merecer maior atenção dos estudiosos. As pesquisas de Freud sobre o inconsciente abrem caminho para diversas investigações acerca do imaginário. Através das descrições dos sonhos de seus pacientes, o psicanalista pôde detectar manifestações de dramas existenciais já representados nos mitos gregos, como o complexo de Édipo, por exemplo. O inconsciente humano, que vem à tona principalmente no sonho, revela-se, assim, o último reduto desse pensamento mítico que, com a evolução do espírito, foi relegado ao estatuto de pura imaginação. As imagens guardadas no inconsciente surgem, então, como a grande chave para o conhecimento do ser humano.

É certo que Freud, desde seu primeiro estudo sobre a construção do complexo de Édipo, vê o incesto como uma prática proibitiva. Essa proibição indica claramente que o que está em jogo é a relação entre um modo específico de subjetivação e as injunções da cultura. Desde os primeiros estudos de Freud, ele já se preocupa com o incesto. Mas será em *Totem e Tabu*[140] que ele vai se ocupar especificamente da proibição do incesto, bem como da sistematização do complexo de Édipo. A formulação dessa noção é originária da cultura primitiva, através do mito da horda primitiva. É o período em que se fala do pai violento e ciumento que guarda todas as fêmeas para si e expulsa os filhos à medida que crescem.214 Um dia, porém, todos os filhos retornam, reúnem-se e resolvem matar o pai, comendo os pedaços do morto. Em seu lugar, ergue-se um grande símbolo, conhecido como *totem*, em substituição ao pai

---

[140] Id., ibid., p. 114.

morto. Essas figuras enormes e muitas das quais com traços esquisitos e assustadores, ora imitam animais, ora seres desconhecidos.

Na base da culpa pelo parricídio e da nostalgia pela proteção do pai perdido, eles constroem o pacto pelo qual se proibiram o incesto e o assassinato, renunciando coletivamente às mulheres e ao poder que o pai exerce. Esse pacto fez nascer ética, religião, organização social: em suma, cultura.

Claude Lévi-Strauss, em *As estruturas elementares de parentesco*, critica duramente o "mito de origem" freudiano. Porém, sustenta, também ele, a lei de proibição do incesto na base de toda cultura. A lei da exogamia, da troca, da aliança, obriga os homens a ceder e a intercambiar entre si as mulheres. Elas e seu poder de fecundidade são os bens do grupo que os homens trocam. Isso define, ao mesmo tempo e em forma complementar, a regra da heterossexualidade reprodutiva, pelo menos no plano normativo da cultura.

Vê-se que, de modos diferentes, Freud e Lévi-Strauss partilham de uma mesma suposição: a perenidade da lei da proibição do incesto, sua vigência para todos os tempos e lugares no interior de toda cultura. É a afirmação de uma universalidade tão absoluta, que transcende as vicissitudes da história humana que poderiam relativizá-la.

Assim, é claro que Freud utilizou o complexo de Édipo como instrumento interpretativo, tanto quanto se ocupou de *Édipo Rei*, de *Hamlet*, de Shakespeare, de Leonardo ou de Dostoievski, como quando teorizou a clínica dos neuróticos de começos do século XX que visitavam seu consultório.

Postas essas questões acerca do mito, pode-se dizer que o romance *Úrsula*, de Maria Firmina dos Reis, insere-se nessa moldura, visto que é matizado por questões míticas. É possível estabelecer, nesta obra, um diálogo com vários mitos: de Édipo, religioso, afros e aborígines, dentre outros.

À medida que se foca na personagem Tancredo, percebe-se a identificação deste com o mito de Édipo. O jovem possui uma relação com a mãe que se insere na moldura do complexo de Édipo, tal como pensou Freud. O desejo inconsciente pela mãe transformou-se na rivalidade com o pai. Tancredo possui uma verdadeira veneração pela mãe:

> E meu pai ressentia-se *da afeição que tributava* a esse ente de candura e bondade; mas foram as suas *carícias, os seus meigos conselhos, que soaram a meus ouvidos, que me entretiveram nos primeiros anos; ao passo que o gênio rude de meu pai amedrontava-me.* [...] O desprazer de ver preferida a *si a mulher que odiava*, fez com que meu implacável pai *me apartasse dela seis longos anos,* não me permitindo uma só visita ao ninho paterno; e minha mãe finava-se de saudades; mas sofria minha ausência porque era à vontade de seu esposo. Mas eu voltava agora para o seu amor, e seus dias vinham a ser belos e cheios de doce esperança. [...] – Meu pai – continuei com voz queixosa – adoçai o amargor do meu exílio! *Bem sabeis quanto me é penosa esta separação, que só um requinte de filial condescendência a ela me obrigou.* [...] – Oh! minha pobre mãe – exclamei reconhecido – perdoai-me! Então ela sorriu-se, porém seu sorriso era amargo e terno a um tempo! Ah! *Ela temia seu esposo,* respeitava-lhe a *vontade férrea;* mas com uma abnegação sublime quis *sacrificar-se por seu filho.* (grifos nossos) REIS,1988,p.60-63)

Pode-se dizer que Tancredo é um ser não realizado. Vive da impossibilidade: o desejo inconsciente de possuir a mãe; não concretiza seu amor por Adelaide e, por último, morre ao defender sua amada Úrsula. Nessa perspectiva, pode-se dizer também, como já foi evidenciado no trabalho, que o caso do antagonista Fernando também é da irrealização. Queria desposar a "sobrinha" *Úrsula*. Mas tal como mostramos, à luz da teoria de Darcy Ribeiro, o fato pode ser visto como normal, e não como um desejo incestuoso, visto que o incesto dentro da sociedade primitiva, em que a narrativa se insere, explica-se pela prática do Cunhadismo. Mas mesmo assim não a possui. Por outro lado, os sentimentos do comendador pela irmã apontam para uma possível relação incestuosa, se tomamos a etimologia, segundo o dicionário de Psicanálise, o termo está associado à prática concernente:

> A relação sexual, sem coerção nem violação, entre parentes consanguíneos ou afins adultos (que tenham atingido a maioridade legal), no grau que proíba a lei que caracteriza cada sociedade. São considerados do ponto de vista da lei e da moral cristã o envolvimento entre mãe e filho, pai e filha, irmão e irmã. Por extensão tio e sobrinha, tia e sobrinho, padrasto e enteada, madrasta e enteado, sogro e nora, e genro e sogra. (ROUDINESCO, 1998, p.373).

Baseando-nos na carta que o comendador Fernando envia à irmã, estas suspeitas podem confirmar-se (Grifos nossos):

> É necessário que nós nos vejamos mais uma vez na vida, e conto que anuirás a este desejo, ou antes, súplica de teu irmão. Minha irmã! Minha Luísa! Muito me tens a perdoar, porque gravíssimo é o mal que te hei feito; mas és boa, teu coração não pode alimentar ódio por aquele que foi sócio dos teus jogos infantis, e que na juventude *te amou com essa doçura fraternal*, que só tu compreendias; porque *eram gêmeas nossas almas*. Luísa minha doce irmã, por que me *tornei eu mau e odioso a meus* próprios olhos depois que tomaste Paulo B... Como esposo? Por que? Nem o sei eu! *Talvez o desejo que sempre tive de dar-te uma posição mais brilhante, como muitas vezes te fiz sentir*. Malograste, no entanto, *as minhas intenções*, esposando este homem, que... *Este foi o teu crime, crime* que eu nunca te haveria perdoado, se o céu se não incumbisse desta conversão, que sem dúvida te há de admirar; porque a mim

mesmo me admira. O mais dir-te-ei vocalmente; porque só deve esta preceder- me uma hora. Adeus.
Teu afetuoso FERNANDO. (REIS, 1998. p. 96).

Em *Úrsula* também pode-se verificar, nos capítulos iniciais, a questão do mito de fundação, ou seja, de origem e do eterno retorno. Verifica-se que, no contexto enunciativo da obra, há um sincretismo, junta-se o elemento cristão de Gênese a outros. De um lado, o rei, o criador do universo, e do outro, a virgem mãe metaforizada pela mãe d'agua. Há lugar para todos, como sugere o título do primeiro capítulo, "Almas generosas". O mito das águas, simbolizando a mãe do universo, está por demais reverenciado pelo narrador. Sobre isto o antropólogo Artur Ramos, 2001[141], diz que: "As deusas-mães chegaram ao Brasil através de *Iemanjá*". O autor nos afirma que é possível aventar a hipótese que essa atuação tão forte de *Iemanjá* no espírito dos negros reside nos seus motivos francamente edipianos. Sendo assim, *Iemanjá* é a *imago* materno, que representa a mãe-d' água, "mãe de peixe". Ramos acresce que o culto das águas ligado ao complexo materno é de caráter universal.

Neste sentido, o excerto que segue, corrobora com o dito:

> Enrugada ligeiramente a superfície pelo manso correr da viração, *frisadas as águas,* aqui e ali, pelo volver rápido e fugitivo dos peixinhos, que mudamente se afagam, e que depois desaparecem para de novo voltarem – [...] E a sua beleza é amena e doce, e o exíguo esquife, que vai cortando as *suas* águas *hibernais mansas* e *quedas.* [...] É *as águas e esses vastíssimos campos que o homem oferece seus cânticos de amor?* Não por certo. Esses hinos, cujos acentos perdem-se no espaço.. [...] Depois, mudou-se já a estação, as chuvas *desapareceram, e aquele mar, que viste, desapareceu com elas, voltou às nuvens formando as chuvas do seguinte inver-*

---

[141] RAMOS, Arthur. A exegese psicanalítica In: *O negro brasileiro*. Etnografia religiosa. Rio de Janeiro: Graphia, 2001. v. 1. p. 201-264.

> *no... [...] Neste comenos alguém apontou de longe, e como se fora um ponto negro no extremo horizonte. Esse alguém, que pouco a pouco avultava, era um homem, [...] trazia ele um quer que era de longemal se conhecia e que descansando sobre um dos ombros, obrigava-o reclinar a cabeça para o lado oposto.Todavia essa carga era bastantemente leve – um cântaro ou uma bilha; o homem ia sem dúvida em demanda de alguma fonte.* (grifos nossos) . (REIS,1988, p. 24).

O autor diz ainda que a Psicanálise, já de muito, considera a significação dos sonhos com a água, quase sempre como símbolos de nascimento. O antropólogo conclui:

> É por isso que no Brasil, *Iemanjá*, culto hidrolátrico, é aproximação de *Iansã, Oxum, Oxumarê*, etc., todos os *Orixás* de fenômenos meteorológicos ligados às águas, como *Iemanjá* é a deusa dos rios, das fontes, e dos lagos, e identificando-se, entre os afros-baianos, as lendas ameríndias da *mãe d'água* e às sereias do folclore de origem europeia. (RAMOS, 2001p. 243).

A esse respeito, Joseph Campbell[142], diz que o espírito gerador do mundo do pai tornou-se o múltiplo da experiência terrena por intermédio transportador – a mãe do mundo. Trata-se de uma personificação do elemento mencionado no segundo versículo do Gênesis, onde lemos que o Espírito de Deus se movia sobre "a face das águas". No mito hindu, trata-se da figura feminina por meio da qual o Eu gerou todas as criaturas. O Autor acresce que, nas mitologias que enfatizam o aspecto maternal, e não o paternal, do criador, essa mulher original ocupa o centro do palco do mundo, no princípio, desempenhando os papéis atribuídos em outros lugares ao homem. E é virgem, pois seu cônjuge é o Desconhecido Invisível. O autor cita o exemplo da mitologia finlandesa, uma versão

---

[142] CAMPBELL, Joseph. A Virgem Mãe. In: *O herói de mil faces*. São Paulo: Cultrix, 2005. p. 291.

da mãe-d'água, também conhecida entre os mitos sul americanos. Campbell diz ainda que a deusa universal se manifesta diante dos homens sob uma multiplicidade de aspectos, pois são múltiplos os efeitos da criação, bem como complexos e mutuamente contraditórios, quando experimentados do ponto de vista do mundo criado. A mãe da vida é, ao mesmo tempo, mãe da morte; ela se mascara como a horrenda deusa da fome e da enfermidade[143].

A mitologia astral sumariano-babilônica identificava os aspectos da fêmea cósmica com fases do planeta Vênus. Como estrela matutina era virgem; como estrela vespertina era meretriz, e, quando se extinguia, sob o calor do sol, era bruxa do inferno. Já o mito do sudoeste da África, recolhido junto à tribo Wahungwe Makoni do sul da Rodésia, exibe os aspectos da mãe-Vênus em coordenação com os primeiros estágios do ciclo cosmogônico. Nesse mito, o homem original é a lua; a estrela matutina, sua primeira esposa; a estrela vespertina, a segunda. Isto, lembra as passagens de Úrsula em que a autora dá ênfase a estes elementos cosmogônicos[144]:

> O campo, o mar, a abobada celeste ensinam a adorar o supremo Autor da natureza, e a bendizer-lhe a mão; porque é generosa, sábia e previdente. [...] Era o alvorecer do dia, ainda as aves entoavam seus meigos cantos de arrebatadora melodia, ainda a viração era tênue e mansa, ainda a flor desabrochada apenas não sentira a tépida e vivificadora ação do astro do dia, que sempre amanhece, mas sempre ingrato, desditoso, e cruel afaga-a, bebe-lhe, sem ao menos dar-lhe uma lágrima de saudade!... Oh! O sol é como o homem maligno e perverso, que bafeja com hálito impuro a donzela desvalida, e foge, e deixa-a entregue à vergonha, à desesperação, à morte – e depois, ri-se e busca outra, e mais outra vítima! [...] A lua ia já alta na azulada abóbada,

---

[143] Id., ibid., p. 295.
[144] Id., ibid., p. 295.

prateando o cume das árvores, e a superfície da terra, e apesar disso, a mimosa filha de Luiza B... a flor daquelas solidões, não adormecera um instante... (REIS1998, p 22-32.)

Outra questão suscitada pela obra diz respeito ao mito das virgens mártires, sugerido pelo título da obra *Úrsula*. O nome também é associado no ocidente à congregação das Ursulinas, em homenagem à Santa Úrsula e as onze mil virgens[145]. Sabe-se que o culto às virgens teve seu apogeu na Idade Média, tanto na alta como na baixa. Tendo em vista que a situação da mulher na Idade Média era regida segundo os princípios do cristianismo romano, muitas, para não realizarem casamento indesejado, eram, na maioria das vezes, colocadas nos claustros, para servir a Deus, enfim a materialização da "Virgem Maria"[146].

Entre os séculos XII e XIV o misticismo entre as mulheres foi importante. Entretanto, segundo Gerda Lerner[147], no meio do século XII, "as reformas da Igreja, a difusão do celibato clerical, o refinamento da lei canônica e o firme monopólio da Igreja com relação à educação favoreceram a posição dos clérigos", que tiveram seu poder aumentado ao serem os únicos que podiam dispensar os sacramentos. Em oposição a esse aumento de poder, as religiosas foram segregadas em monastérios separados, tiveram, de modo geral, sua educação guiada por clérigos, e o estudo do latim tornou-se algo incomum entre elas.

A Idade Média reforçou, cada vez mais, através da história das ordens religiosas, a inferioridade de poder e de educação da mulher

---

[145] KING, L. Margaret. As filhas de Maria: as mulheres e a igreja. In: *A mulher do Renascimento*. Lisboa: Presença, 1994, p. 91-166.
[146] Ver: O mito de Maria; uma abordagem simbólica. In: PINKUS, Lúcio. Trad. Isabel Fontes Leal Ferreira. São Paulo: Paulinas, 1991.
[147] LERNER, Gerda 1993, p. 73.

com relação ao homem. Nesse período, além da visão da Virgem Santa, outros modelos de mulher habitavam o imaginário cristão, como Eva, Maria Madalena, dentre outros. Por outro lado, ligado à ideia de sabedoria, o mito das bruxas como maléficas era oriundo de antigas crenças populares. Visão da bruxa, da feiticeira, da deusa, da mulher realçadam sua pureza pelos mitos do marianismo medieval, da musa – exaltada pelo Romantismo – ou da guerreira, figura que surge na literatura do século XX já sem a máscara da mulher disfarçada em cavaleiro medieval ou renascentista, são facetas de uma afirmação de vida em face da pulsão de morte. Representam uma irmandade que nega o patriarcalismo e a androginia, apresentando a defesa de direitos na lei e liberdade de ação e de experimentação transcendental, para além da censura e no encontro do princípio da criação e do prazer[148].

É mister que a hagiografia possui raízes gregas (hagios = santo; grafia = escrita), é utilizado a partir do século XVII em caráter sistemático. Nesse momento, inicia-se o estudo detalhado e crítico sobre os santos, sua história e culto, para designar tanto este novo ramo do conhecimento como o conjunto de textos que tratam de santos com objetivos religiosos.

São considerados textos de natureza hagiográfica os martirológios, necrológios, legendários, revelações (visões, sonhos, aparições, escritos inspirados, etc.); paixões, vidas, calendários, tratados de milagres, processos de canonização, relatos de trasladação e elevações, já que possuem como temática central a biografia, os feitos ou qualquer elemento relacionado ao culto de um indivíduo con-

---

[148] GALVÃO, Walnice Nogueira. Apresentando a donzela guerreira. In: A donzela-guerreira: um estudo de gênero. São Paulo: Senac, s.d. p. 11-18.

siderado santo, seja um mártir, uma virgem, um abade, um monge, um pregador, um rei, um bispo ou até um pecador arrependido[149].

A literatura hagiográfica cristã iniciou-se ainda na Igreja Primitiva quando, a partir de documentos oficiais romanos ou do relato de testemunhas oculares, eram registrados os suplícios dos mártires. Porém, a hagiografia desenvolveu-se e consolidou-se na Idade Média, com a expansão do cristianismo e a difusão do culto aos santos. Ainda hoje este gênero continua profícuo, tal como é possível verificar pelos diversos títulos que continuam a ser publicados, principalmente pelas editoras religiosas.

Durante o Medievo, foi produzida grande quantidade de hagiografias. Tais obras possuíam caráter privado e foram redigidas principalmente pelos eclesiásticos. Num primeiro momento foi utilizado o latim, língua dos cultos e da Igreja, para a sua redação, já que o seu público era formado prioritariamente por clérigos regulares e seculares. A partir dos séculos XI, XII e XIII, face às inúmeras transformações que se processaram na Europa Ocidental, as hagiografias foram sendo escritas, ou traduzidas, nas diversas línguas vernáculas, passando a alcançar, portanto, um público mais amplo. Foi durante este período que Ângela Merici, nascida por volta de 1474, em Desenzano, funda a Companhia de Santa Úrsula, em Brescia, a 25 de novembro. Seu objetivo é ajudar as jovens a servir a Deus, como consagradas sem obrigações de votos, no meio de um mundo paganizado.

> As leigas seguidoras de Merici imitavam e exigiam respeito pelas leigas mártires de quem desejavam ser sucessoras. Em Brescia, sua sede, a Companhia de Santa Úrsula estava, de fato isenta de a regra de clausura

---

[149] LINAGE, Conde, 1997, p. 283-284.

– o mesmo tipo de exceção que permitia apenas a Santa Clara, entre todas as chefes de Clarisse, seguir a regra de Francisco sobre a pobreza apostólica. O Papa Pio V ordenou, em 1566, o enclausuramento estrito de todas as freiras professas e o Papa Paulo V decretou, em 1612, que a Ordem das Ursulinas fosse especificamente sujeita à clausura sob a regra Agostinha. A partir daí, as ursulinas prosseguiram a sua missão de educar jovens moças; mas fizeram-no atrás dos muros. (KING, 1994. p. 121-122).

Como se demonstra anteriormente, a escolha do nome da congregação foi em homenagem a Santa Úrsula[150], santa britânica que no séc. IV, como diz a "lenda dourada", encorajou, pelo exemplo e exortação, um grupo de virgens a derramarem seu sangue para defender a própria pueza e a fé em Jesus Cristo. Secretamente consagrada a Deus, Santa Úrsula é pedida em casamento por um príncipe pagão. Ela pede tempo para decidir e durante esse período reza para a conversão de seu pretendente. Úrsula e as onze mil virgens se exercitavam na virtude, até que, inesperadamente, resolvem fugir através dos mares. Chegam à Colônia, depois de muitas peripécias, mas são barbaramente trucidadas pelos hunos. Somente ela foi poupada por sua beleza e nobreza. O rei dos hunos apaixona-se por Úrsula e pede-a em casamento. Mas ela já tinha por esposo um rei muito mais poderoso que todos os reis da Terra, Jesus Cristo. No Brasil seu culto é lembrado pela Igreja cada ano, em 21 de outubro[151].

Ressaltamos que essas Companhias têm como objetivos propagar os feitos de um determinado santo, atraindo, assim, ofertas e doações para os templos e mosteiros que os tinham como patro-

---

[150] Consta que as relíquias dessa santa estão depositadas na catedral de Colônia, na Alemanha. Ver: OSU, Teresa Ledóchowska. Ângela Merici e a Companhia de Santa Úrsula à luz de documentos. [s.l.]: [s.n.], 1972. p. 186-198.
[151] VARAZZE, Jacopo de. *Legenda Áurea: vidas de santos*. São Paulo: Companhia das Letras, 2003. p. 882-885.

nos; produzir textos para o uso litúrgico, tanto nas missas como nos ofícios monásticos; para leitura privada ou como textos de escola; instruir e edificar os cristãos na fé; divulgar os ensinamentos oficiais da Igreja[152]. Desta forma, tais textos eram importantes veículos para a propagação de concepções teológicas, modelos de comportamento, padrões morais e valores. Segundo Chiara Frugoni em *História das Mulheres no Ocidente*[153],

> a bretã Úrsula é o arquétipo das santas cosmopolitas e viajantes. Pedida em casamento por um príncipe inglês, Úrsula acede com duas condições: deverão batizar e depois ir a Roma em peregrinação juntamente com as onze mil companheiras. Na viagem de regresso, subindo o Reno, Úrsula e Ereu chegam a uma colônia de Hunos. Todos os peregrinos morrem. Úrsula recusa-se acendendo a casar com o filho do rei dos Hunos. (REIS, 1988. p. 174).

Para a autora, o tema alcançou grande popularidade pelas suas possibilidades criativas, haja vista as várias iconografias feitas, principalmente nos séculos de expansão do cristianismo, e o evento das cruzadas (Ver Anexo D). A Companhia das Ursulinas, propagada em vários países da Europa, chega ao Brasil entre o final do século XVII, e o início do século XVIII, na Bahia. Este projeto teve início em 1735, com a fundação do Convento Nossa Senhora das Mercês, portanto, esta é a casa mais antiga da do Brasil. Mas, como é sabido, José de Anchieta[154], em seu teatro, já fazia menção à Santa Úrsula e as onze mil virgens. Maria Firmina decerto conhecia a história de Santa Úrsula, como também a de Ângela de

---

[152] DUBOIS, J.; LEMAITRE, J.-L., 1993. p. 74.
[153] Ver: A mulher nas imagens, a mulher imaginada. In: *História das mulheres no Ocidente*. Porto: Afrontamento, 1991. p. 461-516. 2 v.
[154] ANCHIETA, José. *Poesias*: manuscrito do século XVI, em português, castelhano, latim e tupi. Transcrições, trad. e notas de M. de L. de Paula Martins. São Paulo: Comissão do IV Centenário da Cidade, 1954.

Merici, fundadora da congregação das Ursulinas. Em seu romance *Úrsula*, a intertextualidade se dá a partir do título, do romance, em que a protagonista da história é homônima do título do romance, como se evidenciou anteriormente. O martírio vivenciado pela personagem a levou à morte. Prometida para o Cavaleiro Tancredo, foi bruscamente levada por Fernando na intenção de desposá-la. Porém, *Úrsula* não consumou o casamento com o prometido, nem com aquele a raptou. Sua morte psicológica começa antes da física. *Úrsula* não realiza de nenhuma forma o contato carnal, morre virgem, como as noivas de Cristo. Além da semelhança do desfecho da narrativa com o mito religioso de Santa Úrsula, ainda é possível verificar outras cenas da personagem que remetem ao mito, como na cena da descrição do convento, local típico de um claustro da Idade Média, espaço propício para a morada das virgens:

> Era um edifício antigo, na sua fundação, grave e melancólico no seu aspecto: era a casa do Senhor sem ostentação. As virgens, as virgens que habitavam, longe do mundo, não conheciam deste os gozos de um momento; [...] Viviam no remanso da paz; porque a solidão e o retiro davam-lhe aquela doce inocência, que constitui a candura da alma; e essa vida de casto enlevos dedicavam-na ao Deus do Calvário. E ele escutava-lhes os sagrados cânticos e acolhia-os; porque vinham de inocentes e angélicas criaturas, de consciência reta e pura, e voltadas ao serviço do Senhor. (REIS, 1988, p. 202).

A cena do casamento da protagonista lembra o cortejo de Santa Úrsula chegando em Roma, ilustrado anteriormente. Em *Úrsula*, o narrador diz: "Vinha acompanhada das jovens religiosas, que já amavam: no meio dessas virgens consagradas ao Senhor era como uma rosa entre as açucenas"[155], ou seja, a mais belas de todas. As-

---
[155] Id., ibid., 1988, p. 202.

sim, também conta a lenda que *Úrsula* era a mais bela das onze mil virgens, e por causa de sua beleza foi escolhida pelo rei pagão huno. Essa beleza também a levou à morte, pois preferiu ser degolada a casar com o rei pagão.

Outro elemento que podemos associar ao misticismo religioso da autora na obra é o fato de Fernando P..., depois de cometer tantas atrocidades, refugiar-se no "convento dos carmelitas". Acresce--se a isto, seu cognome religioso, "Frei Luís de Santa Úrsula". O que se pode concluir com esse epílogo escrito por Maria Firmina dos Reis? Ela acreditava no mito da redenção? Ou ela queria apresentar o outro lado dessas congregações religiosas estabelecidas no Brasil colonial?

CONSIDERAÇÕES FINAIS

A construção deste trabalho sobre a escritora Maria Firmina dos Reis foi fundamentada nos pressupostos teóricos da História da Literatura e da História das Mulheres, possibilitando a realizar um percurso em que se pode verificar qual o lugar em que essa escritora ocupa no universo da historiografia da literatura brasileira produzida nos séculos XIX e XX. E em que condições suas obras foram construídas. Ao longo deste trabalho, seguiram-se rastros, procuraram-se resíduos, buscaram-se resquícios nas histórias da literatura brasileira, em periódicos dos séculos em estudo. O intento foi o de retirar do esquecimento muitas das produções dessas escritoras na tentativa de contribuir para o construto de uma nova história.

Essa nova história exige uma visão mais abrangente dos gêneros literários, bem como do próprio conceito do que seja literatura. A valorização dos aspectos a serem comentados em uma história da literatura não se dá tão-somente a partir das obras e da biografia dos autores, mas traz à tona referências à vida literária – o leitor, as editoras, o livro enquanto objeto, sem esquecer as questões sociais e ideológicas que se articulam ao redor do fenômeno literário.

Demonstrou-se que houve, de certa maneira, segregação, nas histórias da literatura, além do deslocamento para a margem, das escritoras que produziram no período de recorte de nosso trabalho.

Houve também a exclusão de regiões periféricas, das histórias que se produziram, de um eixo central; a pouca inserção de certo gêneros. Mesmo que se queiram amplas, as histórias da literatura não conseguem dar conta de tudo a que se propõem. Com o intuito de se evitar essa aparência (falsa) de abrangência total, uma alternativa é a opção pelo discernimento de signos orientadores. Em vez de história da literatura, histórias da literatura.

Ao empreender a busca do plural, ao invés do singular, o pesquisador, evidentemente, coloca de lado muitos elementos. Essas exclusões são conscientes, pois a nova história preocupa-se com a pluralidade e com a diversidade, acarretando, portanto, o fim do cânone único e que atende a um viés nacionalista, com aponta Regina Zilberman:

> [...] À medida em que se solidificava o sistema literário, desaparecia a menção a escritoras, como se fossem tornando descartáveis, por isso, autoras que talvez merecesse difusão e, sobretudo, atenção por parte dos historiadores da literatura foram sendo marginalizadas. (ZILBERMAN, 2001, p. 165)

Como demonstrado nas palavras de Zilberman, constatou-se, no decorrer das análises das histórias literárias, o jogo entre o dito e o não-dito em relação à autora maranhense. Percebe-se que recuperar o percurso da escritora Maria Firmina dos Reis em histórias da literatura brasileira dos séculos XIX e XX não é tarefa fácil. Seguindo os postulados de Paul Ricoeur, os rastros deixados no passado marcam a passagem da escritora, mesmo havendo muitas vezes um silêncio a respeito dela e sua trajetória e ou produção.

Cotejando jornais maranhenses, do século XIX, observa-se que a escritora teve uma participação ativa no cenário da vida cultural maranhense, tal qual seus "ilustres" contemporâneos, tão festejados pela crítica. Dentre tantos exemplos, podemos citar a publicidade sobre *Úrsula* e a publicação de três jornais diferentes do romance *Gupeva*. Dos historiadores elencados do século XIX, vamos encontrar o nome da escritora, pelo índice onomástico, na obra do historiador Silvio Romero. No interior da obra, aparece numa nota de rodapé, quando Romero lista os escritores do *Parnaso Maranhense*. Porém, Romero não dá realce à escritora, que participou dessa coletânea com três poemas. Nas obras do século XX, somente Wilson Martins faz referência a ela. No entanto, a referência feita no interior da obra pode ser compreendida como um descaso por parte do historiador ao dizer: "Devem ser deste mesmo ou pouco mais tarde os *Cantos à Beira-mar*, de Maria Firmina dos Reis (1825-1917), impressos no Maranhão".

Como se demonstra, o descaso parte não somente da incerteza da autoria da obra, mas do desconhecimento total da escritora, visto que a data de seu falecimento não condiz com a informação prestada pelo historiador. Noutro momento, ele questiona o pioneirismo de Maria Firmina, considerada por muitos como a primeira ficcionista brasileira.

No entanto, saber se Maria Firmina detém ou não a primazia é secundário neste trabalho, o que se almeja é contribuir com a crítica, oferecendo suporte sobre a autora a fim de alterar os paradigmas canônicos existentes, já que nem mesmo nas histórias literárias maranhenses, a autora ocupa um lugar de destaque, como nas de Sotero dos Reis, Henrique Leal, Mário Meireles.

Esse quadro só é modificado, como demonstrado no corpo do trabalho, a partir do resgate de Nascimento Morais, em 1975.

Até então, como ele informara, somente Sacramento Blake havia registrado em verbete a escritora. Informação incompleta, pois, antes de 1975, pode ser encontrado registro da escritora, conforme evidencia este trabalho, visto que a escritora é mencionada no *Dicionário Mundial das mulheres notáveis*, no *Almanaque de Lembranças Luso brasileiro*, dentre outras fontes.

Evidencia-se, com isso, que, apesar do destaque nos jornais maranhenses da época, percebe-se um silêncio em relação à escritora nas histórias analisadas. Esperamos que este trabalho colabore para retirar a escritora maranhense do esquecimento em que esteve envolta durante tanto tempo e que contribua para colocá-la no lugar que lhe é de direito, a fim de formar não uma história no singular, mas uma história plural.

Com a análise intratextual e extratextual de *Úrsula*, da escritora Maria Firmina, observa-se que o texto se constitui de uma narrativa inovadora ao tratar de temas como a escravidão, de um ponto de vista diferente do de seus contemporâneos, do lugar da mulher afrodescendente, denunciando como poucos as atrocidades do sistema escravocrata brasileiro. Defende a liberdade e igualdade a todos, o que, a princípio, pode ser tido como ingenuidade, mas ela realmente parece acreditar na união das raças e no fim de qualquer forma de opressão. Inova também com as personagens, dando voz aos escravos que habitam o universo de *Úrsula*. Sobre as personagens femininas, se de um lado a protagonista pode ser comparada à heroína branca do Romantismo, ela põe em cena outras que fogem do estereótipo como Adelaide e Susana. A autora ao contemplar os modelos de mulheres submissas, como Úrsula e a mãe do protagonista, não reproduz a ideologia patriarcal, mas sugere um modelo de uma mulher associada à figura virtuosa, próximo ao modelo mariano defendido pela ideologia cristã.

Como foi exposto, ao longo deste trabalho, sua obra permite a discussão de vários temas. O local pode ser identificado como nacional e, quiçá, como universal. A temática religiosa, as agruras por que passam os escravos nos países em que ainda persistia a escravidão e representações femininas eram temas da ordem do dia na época.

REFERÊNCIAS

D'ABBEVILLE, Claude. *História da missão dos padres capuchinhos na Ilha do Maranhão e terras circunvizinhas.* São Paulo: Martins, 1945. (1. ed. 1614, em Paris).

ALENCAR, José de. *Iracema: lenda do Ceará.* São Paulo: Melhoramentos, 1990.

ALENCAR. *O guarani.* 4. ed. São Paulo: Ática, 1990.

ANCHIETA, José. *Poesias:* manuscrito do século XVI, em português, castelhano, latim e tupi. Transcrição, trad. e notas de M. de L. de Paula Martins. São Paulo: Comissão do IV Centenário da Cidade, 1954.

ANCHIETA, José. *Teatro.* São Paulo: Loyola, 1977.

ARISTÓTELES. *Poética.* Lisboa: Imprensa Nacional; Casa da Moeda, 1986.

BACHELARD, Gaston. *A poética do espaço.* São Paulo: Martins Fontes, 2000.

BAQUAQUA, Mahommah Gardo. *Biography of Mahommah G. Baquaqua.* A native of Zoogoo, in the interior of Africa. Edited by Samuel Moore, Esq. Detroit: George

E. Pomery and Co., Tribune Office, 1854, *apud* NUSSENZWEIG, Sonia. Trad. *Revista Brasileira de História,* São Paulo, ANPUH/Marco Zero, v. 8, n. 16, mar./ago. 1988.

BARBOSA, João Alexandre. *A tradição do impasse:* linguagem da crítica e crítica da linguagem em José Veríssimo. São Paulo: Ática, 1974.

BENJAMIN, Walter. *Charles Baudelaire:* um lírico no auge do capitalismo. São Paulo: Brasiliense, 1995.

BLAKE, Augusto Victorino Alves Sacramento. *Dicionário bibliographico brasileiro*. Rio de Janeiro: Imprensa Nacional, 1900.

BLAKE, Augusto Victorino Alves Sacramento.. *Dicionário bibliográfico brasileiro*. Rio de Janeiro: Conselho Estadual de Cultura, 1970. v. 8, p. 23.

BONET, Carmelo M. *Crítica literária*. São Paulo: Mestre Jou, 1969.

BOSI, Alfredo. *A literatura brasileira* – o pré-modernismo. 4. ed. São Paulo: Cultrix, 1975.

BOSI, Alfredo *História concisa da literatura brasileira*. 32. ed. São Paulo: Cultrix, 1995.

BOSI, Alfredo. *História concisa da literatura brasileira*. 37. ed. São Paulo: Cultrix, 2000.

BRANDÃO, Noemia Paes Barreto. *Clóvis na Intimidade*. Rio de Janeiro: Autônoma, 1989.

BROCA, Brito. *A vida literária no Brasil – 1900*. Rio de Janeiro: MEC, 1956.

BUTLER. *Vida dos santos*. Petrópolis: Vozes, 1985.

CALDWELL, Helen. *O Otelo brasileiro de Machado de Assis:* um estudo de Dom Casmurro. Tradução de Fábio Fonseca de Melo. Cotia, São Paulo: Ateliê Editorial, 2002.

CAMPBELL, Joseph. A Virgem Mãe. In: *O herói de mil faces*. São Paulo: Cultrix, 2005, p. 291.

CANDIDO, Antonio. *Formação da literatura brasileira: momentos decisivos*. Belo Horizonte: Itatiaia ,2000, p. 16.

CANDIDO, Antonio.. *Literatura e sociedade:* estudos de teorias e história literária. 8. ed. São Paulo: Nacional, 2000.

CARVALHO, Ronald de. *Pequena história da literatura brasileira*. 11. ed. Rio de Janeiro: F. Briguiet & Cia Editores, 1958 (1. ed. 1919).

CASTELO BRANCO, Francisco Gil. *Ataliba, o vaqueiro: episódio da seca do norte*. Teresina: Universidade Federal do Piauí/Academia Piauiense de Letras/Projeto Petrônio Portela, 1988.

CASTRO Ana Luísa de Azevedo (Indígena do Ypiranga) D. Narcisa de Villar. *Legenda do tempo colonial*. 4. ed. Atualização de texto, introdução e notas de Zaidhê Lupinacci Muzart. Florianópolis: Editora Mulheres, 2000. (1. ed. 1859, Rio de Janeiro, ed. Paula Brito).

CERTEAU, Michel de. A operação historiográfica. In:____. *A escrita da história*.   ed. Tradução de Maria de Lourdes Menezes. Rio de Janeiro: Forense Universitária, 2000.

CHAVES, Joaquim. *Apontamentos biográficos e outros*. 2. ed.Teresina: Fundação Cultural Monsenhor, 1994.

CHEVALIER, Jean; GHEERBRAN, Alain. *Dicionário de símbolos*. Rio Janeiro: José Olympio, 2003.

COELHO, Nelly Novaes. *Dicionário crítico de escritoras brasileiras (1711-2001)*. São Paulo: Escrituras, 2002.

COSTA, F. A. Pereira da. *Cronologia histórica do Estado do Piauí*. Rio de Janeiro: Artenova, 1974. v. 1.

COSTA, João Cruz. *Contribuição à história das idéias no Brasil*. (O desenvolvimento da filosofia no Brasil e a evolução histórica nacional). Rio de Janeiro: José Olympio, 1956.

COSTA, Wagner Cabral da (Org.). Educação feminina em São Luís. In: *História do Maranhão;* novos estudos. São Luís: Edufina, 2004.

COUTINHO, Afrânio. *História da literatura brasileira*. 7. ed. atual. São Paulo: Difel, 1982. (1. ed. Globo, 1938).

DIMAS, Antônio. *Tempos eufóricos: análise da revista kosmos:* 1904-1909. São Paulo: Ática, 1983.

EDMUNDO, Luiz. *O Rio de Janeiro do meu tempo*. Rio de Janeiro: Imprensa Nacional, 1938.

ELIADE, Mircea. *Mito e realidade*. São Paulo: Perspectiva, 1972.

FALCI, Miridan Knox. Mulheres do sertão nordestino. In: PRIORE, Mary del.

História das mulheres no Brasil. São Paulo: UNESP/Contexto, 1997. p. 241-277.

FIRMINA, Maria. *Fragmentos de uma vida.* São Luís: Governo do Estado do Maranhão, 1975.

FLAUBERT, Gustave. *Madame Bovary.* São Paulo: Abril Cultural, 1981.

FLORES, Hilda Agnes Hübner. O Corimbo. *Letras de Hoje,* PUCRS, Porto Alegre, v. 37, n. 2, p. 183-188, jun. 2001.

FREUD, Sigmund. *Totem e tabu:* alguns pontos de concordância entre a vida mental dos selvagens e dos neuróticos. Rio de Janeiro: Imago, 1974.

FREYRE, Gilberto. *Sobrados e mucambos:* decadência do patriarcado rural e desenvolvimento do urbano. 4. ed. Rio de Janeiro: J. Olympio, 1968.

FRUGONI, Chiara. A mulher nas imagens, a mulher imaginada. In: *História das mulheres no Ocidente.* Porto: Afrontamento, 1991.

FUNCK, Susana Bornéo (Org.). *Trocando idéias sobre mulher e literatura.* Florianópolis: Edeme, 1994.

ELISABETH, Gössmann et al. (Org.). Dicionário de teologia feminista. Tradução de Carlos Almeida Pereira. Petrópolis: Vozes, 1997

FURET, François. Da história-narrativa à história-problema. In:_____. *A oficina da história.* Lisboa: Gradiva, s.d.

GALVÃO, Patrícia. *Parque industrial.* Porto Alegre: Mercado Aberto, 1994.

GALVÃO, Walnice Nogueira. Apresentando a donzela guerreira. In: *A donzela-guerreira: um estudo de gênero.* São Paulo: Senac, p. 11-18.

GARCIA, Basileu. *Instituições de direito penal.* 4. ed. rev. atual. São Paulo: Max Limonad, 1971.

GENETTE, Gérard. *Discurso da narrativa.* Lisboa: Vega, 1976.

GERSON, Brasil. *História das ruas do Rio.* Rio de Janeiro: Brasiliana, 1965.

GOTLIB, N. B. *A literatura feita por mulheres no Brasil.* Oxford: University of Oxford, Center for Brazilian Studies, 2001. v. 1, p. 35. Disponível em:

<www.amulhernaliteratura.ufsc.br/artigo>. Acessado em: 30 set. 2022.

HAHNER, June. E. *A mulher brasileira e suas lutas sociais e políticas*: 1850-1937. São Paulo: Brasiliense, 1981.

HALL, Stuart. *Da diáspora: identidades e mediações culturais*. Belo Horizonte: UFMG, 2003.

HISTÓRIA das mulheres no Ocidente: o século XX. Porto: Afrontamento, 1991. v. 5.

HOLLANDA, Heloísa Buarque de. *Ensaístas brasileiras: mulheres que escreveram sobre literatura e artes de 1860 a 1991*. Rio de Janeiro: Rocco, 1993.

<http://www.museuhistoriconacional.com.br>. Acessado em: 25 set. 2006.

ISER, Wolfgang.Teoria da recepção: reação a uma circunstância histórica. In: ROCHA, João César de Castro (Org.). *Teoria da ficção*: indagações à obra de Wolfgang Iser. Rio de Janeiro: EDUERJ, 1999.

KING, L. Margaret. *A mulher do Renascimento*. Lisboa: Presença, 1994.

KING, L. Margaret.. As filhas de Maria: as mulheres e a igreja. In: *A mulher do Renascimento*. Lisboa: Presença, 1994, p. 91-166.

LAJOLO, Marisa; ZILBERMAN, Regina *A formação da leitura no Brasil.* São Paulo: Ática, 1996.

LEITE, Ligia Chiappini Moraes. *O foco narrativo*, ou, A polêmica em torno da ilusão. São Paulo: Ática, 1985.

LÉVI-STRAUSS, Claude. *Antropologia estrutural*. 6. ed. Rio de Janeiro: Tempo Brasileiro,2005

LÉVI-STRAUSS, Claude. As Estruturas elementares do parentesco. Petrópolis, Vozes, 2003

LOBO, Luiza. Maria Firmina dos Reis. In: *Guia de escritoras da Literatura Brasileira*. Rio de Janeiro, Eduerj/Faperj, 2006. P. 193-196. 289 p.

LOBO, Luiza. "Autorretrato de uma pioneira abolicionista". In: *Crítica sem juízo*. 2ª ed. Rio de Janeiro, Garamond/CNPq, 2007. p. 339-363. [1ª ed. 1993. Artigos de 1986 e 1989].

LOVEJOY, Paul E. Identidade e a miragem da etnicidade: a jornada de Mahommah Gardo Baquaqua para as Américas. *Afro-Ásia*, Centro de Estudos Afro-Orientais, CEAO da FFCH-UFBa, n. 27, p. 9-39, 2002.

LUKÁCS, Georg. *A teoria do romance*. Lisboa: Presença, 1962.

MAGALHÃES, Gonçalves de et al. *William Shakespeare no Brasil: bibliografia*. Rio de Janeiro: Biblioteca Nacional, 1965.

MALUF, Marina; MOTT, Maria Lucia. Recônditos do Mundo Feminino. In: *História da vida privada no Brasil*. São Paulo: Companhia das Letras, 1988. p. 367-422.

MARQUES, César Augusto. *Dicionário histórico, geográfico, topográfico e estatístico da Província do Maranhão*. São Luís: s.n., 1870.

MARTINS, Wilson. *História da inteligência brasileira* (1915-1933). 2. ed. São Paulo: T. A. Queiroz, 1992. 6 v.

MEIRELES, M. Mário. *Panorama da literatura maranhense*. São Luís: Imprensa Oficial, 1955.

MEIRELES, M. Mário. *Símbolos nacionais do Brasil e estaduais do Maranhão*. Rio de Janeiro: Companhia Americana, 1972.

MENDES, Algemira de Macêdo. *A imagem da mulher na obra de Amélia Beviláqua*. Rio de Janeiro: Caetés, 2004.

MENEZES, Raimundo. *Dicionário literário brasileiro ilustrado*. São Paulo: Saraiva 1969.

MENEZES, Raimundo. *Dicionário literário brasileiro ilustrado*. 2. ed. revisada, aumentada e atualizada. Rio de Janeiro: Livros Técnicos e Científicos, 1978.

MOISÉS, Massaud. *Historia da literatura brasileira*: das origens ao romantismo. 5. ed. 2001.

MOISÉS, Massaud. *Literatura brasileira através dos textos*. São Paulo: Cultrix, 2001.

MORAIS FILHO, José Nascimento. *Maria Firmina dos Reis – fragmentos de uma vida*. São Luís: Governo do Estado do Maranhão, 1975.

MONTELLO Josué, *La primera novelista brasileña*, .In. *Revista de Cultura Brasileña*, Madri, n. 41, jun. 1976. ,p.76-85.

MUZART, Ana Luísa de Azevedo Castro; LUPINACCI, Zahidé (Orgs.). *Escritoras brasileiras do século XIX: antologia*. Florianópolis: Editora Mulheres; Santa Cruz do Sul: Edunisc, 2000.

NASH, Mary. *As mulheres no mundo: histórias, desafios e movimentos*. Trad. de Liliana Roma Pereira. Madri: Ausência, 2004.

NEVES, Abdias. *Um manicaca*. Teresina: Corisco, 2000.

NUNES, Odilon. *Pesquisas para a história do Piauí*. Rio de Janeiro: Artenova, 1975.

NUSSENZWEIG, Sonia. Trad. *Revista Brasileira de História*, São Paulo, ANPUH/Marco Zero, v. 8, n. 16, mar./ago. 1988.

OCTAVIO, Rodrigo. *A balaiada 1839*: depoimento de um dos heróis do cerco de Caxias sobre a revolução dos balaios. Rio de Janeiro: Companhia Typografia do Brazil, 1903.

OLINTO, Heidrun Krieger (Org.). *Histórias de literatura*: as novas teorias alemãs. São Paulo: Ática, 1996.

OLIVEIRA, Américo Lopes de; VIANA, Mário Gonçalves. *Dicionário mundial de mulheres notáveis*. Porto: Lello e Irmãos, 1967.

ORDENAÇÕES FILIPINAS. Lisboa: FCG, 1985. V. Ordenações e leis do Reino de Portugal. Coimbra: Na Real Imprensa da Universidade de Coimbra, 1824. t. 3.

OSU, Teresa Ledóchowska. Ângela *Merici e a Companhia de Santa Úrsula à luz de documentos*. [s.l.]: [s.n.], 1972.

PEREIRA, Lúcia Miguel. *Em surdina*. 3. ed. Rio de Janeiro, José Olympio, 1979.

PEREIRA, Lúcia Miguel. *História da literatura brasileira: prosa de ficção*. (1870-1920). Rio de Janeiro: José Olympio, 1950. (Coleção Documentos Brasileiros, 67)

PICCHIO, Luciana Stegagno. *História da literatura brasileira*. Rio de Janeiro: Nova Aguilar, 2004.

PINKUS, Lúcio. *O mito de Maria; uma abordagem simbólica*. Trad. Isabel Fontes Leal Ferreira. São Paulo: Paulinas, 1991.

PISHITCHENKO, Olga. *A arte de persuadir nos autos de Jose de Anchieta*. Dissertação de Mestrado. Campinas. São Paulo: 2004.

PRIORE, Mary Del. *Ao sul do corpo:* condição feminina e maternidades e mentalidades no Brasil Colônia. Rio de Janeiro: José Olympio, 1993.

PRIORE, Mary Del. *História das mulheres no Brasil*. São Paulo: UNESP; Contexto, 1997.

RABASSA, Gregory. *O negro na ficção brasileira: meio século de história literária*. Rio de Janeiro: Tempo Brasileiro, 1965.

REIS Francisco Sotero dos. *Curso de literatura portuguesa e brasileira*. Maranhão, 1868.

REIS, Carlos; LOPES, Ana Cristina M. *Dicionário de teoria da narrativa*. 7. ed. Coimbra: Almedina, 2002.

REIS, Maria Firmina. *Úrsula*. 3ª ed. 1ª ed. atualizada. Coordenação e estabelecimento de texto de Luiza Lobo. Rio de Janeiro, Presença; INL, Pró-Memória MINc/Pró-Memória, 1988. 162 p.

RIBEIRO João. In LEDO, Múcio (Org.). *Crítica*. Rio de Janeiro: Academia de Brasileira de Letras, 1959.

RIBEIRO, Darcy. *O povo brasileiro – formação e o sentido do Brasil*. São Paulo. Companhia das Letras, 1995.

RIBEIRO, Luis Filipe. *Mulheres de papel:* um estudo do imaginário em José de Alencar e Machado de Assis. Niterói: EDUFE, 1996.

RICOEUR, Paul. *Tempo e narrativa*. Campinas: Papirus, 1997. p. 196-209. Tomo 3.

http://www.letras.ufmg.br/literafro/quem-somos/23-paginas-do-site acesso em 20/09/2022

DUARTE, Eduardo de Assis. Maria Firmina dos Reis e os primórdios da ficção afro-brasileira. In: Literatura, política, identidades. Belo Horizonte: FALE-UFMG, 2005, p. 132-145.

DUARTE, Eduardo de Assis. Posfácio. In: REIS, Maria Firmina dos. Úrsula. Edição comemorativa dos 150 anos da primeira edição. Florianópolis: Ed. Mulheres; Belo Horizonte: PUC Minas, 2009.

GOMES, Agenor. Maria Firmina dos Reis e o cotidiano da escravidão no Brasil. São Luís: Academia Maranhense de Letras, 2022.

SOUZA, Antonia Pereira de. A prosa de ficção nos jornais do Maranhão Oitocentista. João Pessoa, 2017. 329 f. Tese (Doutorado no Programa de Pós-graduação em Letras) - Universidade Federal da Paraíba. Disponível em:

SILVA, Innocêncio Francisco da, 1810-1876. Diccionario bibliográfico português. https://www2.senado.leg.br/bdsf/item/id/24273520/09/2022

https://mariafirmina.org.br/acesso 20/09/2022

ROBERTS, Wess. *Segredos de liderança de Átila, o huno*. São Paulo: Best-Seller, 1989.

ROMERO, Sílvio *História da literatura brasileira*. 5. ed. Rio de Janeiro: José Olympio, 1953.

ROUDINESCO, Elisabeth. *Dicionário de psicanálise*. Rio de Janeiro: Zahar, 1998.

SAFFIOTI, Heleieth Iara Bongiovani. *A mulher na sociedade de classes:* mito e realidade. São Paulo: Quatro Artes, 1999.

SAINT-PIERRE, Bernadin de. *Paulo e Virgínia*. Tradução de Rosa Maria Boaventura. São Paulo: Ícone, 1986.

SAYERS, Raymond S. *O negro na literatura brasileira*. Rio de Janeiro: Cruzeiro, 1958.

SCHOPENHAUER, Arthur. *Aforismos para a sabedoria na vida*. São Paulo: Melhoramentos, 1953.

_____. *O mundo como vontade de representação, crítica à Filosofia Kantiana,*

Pererga e Paralipomena. São Paulo: Nova Cultural, 1988. (Coleção Os Pensadores)

SEVCENKO, Nicolau (Org.). A capital irradiante: técnica, ritmos e ritos do Rio. In. *História da vida privada no Brasil: da belle* époque à *era do rádio*. São Paulo: Companhia das Letras, 1998.

SHAKESPEARE, William. Otelo. Belo Horizonte: Dimensão, 1995.

SIQUEIRA, Elizabeth Angélica Santos et al. *Um discurso feminino possível:* pioneiras da imprensa em Pernambuco (1830-1910). Recife: Editora Universitária da UFPE, 1995.

_____ et al. Em busca de um sentido para o discurso roubado. In. FUNCK, Susana Bornéo (Org.). *Trocando idéias sobre mulher e literatura*. Florianópolis: Edeme, 1994.

SODRÉ, Nelson Werneck. *História da literatura brasileira*. 7. ed. atual. São Paulo: Difel, 1982 (1. ed. 1938).

STOWE Harriet Beecher. *A cabana do Pai Tomás*. Trad. Linguagest. Porto: Porto Editora, 2005.

TOLSTOI, Leão, *Ana Karenina*. Trad. de João Neto. Lisboa: Publicações Europa- América, 1980.

TORIBIO, Luzia Navas. *O negro na literatura Maranhense*. São Luís: Academia Maranhense de Letras, 1990.

VAINFAS, Ronaldo (Org.). *Dicionário do Brasil Imperial (1822-1889)*. Rio de Janeiro: Objetiva, 2002.

_____. (Org.). *Dicionário do Brasil Imperial* (1822-1889). Rio de Janeiro: Objetiva, 2002.

VARAZZE, Jacopo de. *Legenda áurea: vidas de santos*. São Paulo: Companhia das Letras, 2003.

VELOSO, Mônica Pimenta. Cafés, revista e salões: microcosmo intelectual e sociabilidade. In. *Modernismo no Rio de Janeiro: turunas e Quixote*. Rio de Janeiro: Fundação Getúlio Vargas, 1996. p. 35-70.

VERISSIMO, José. *História da literatura brasileira*: de Bento Teixeira (1601) a Machado de Assis (1908). 4. ed. Brasília: UNB, 1963 (1. ed. 1916).

VERNANT, Jean-Pierre. *Mito e sociedade na Grécia antiga*. Rio de Janeiro: J. Olympio, 1992.

www.ursulinas.org.br>. Acessada em: 20 jun. 2006.

www6.senado.gov.br/sicon/ExecutaPesquisaBasica.action>. Acessado em: 28 set. 2006.

ZILBERMAN, Regina. *A terra em que nasceste; imagens do Brasil na literatura*. Porto Alegre: Ed. da UFRGS, 1994.

_____. As escritoras e a história da literatura. In: *Antologia em prosa e verso VII*. Santa Maria: Pallotti; Associação Santa-Mariense de Letras, 2001, p. 164-181.

ANEXOS

ANEXO A

Anúncios publicitários de *Úrsula*

Capa da terceira edição da obra *Úrsula*, publicada pela Editora Presença /INL Brasília, em 1988.

ÚRSULA
Maria Firmina dos Reis

PRESENÇA/MinC/PRÓ-MEMÓRIA
INSTITUTO NACIONAL DO LIVRO

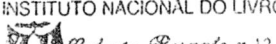

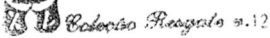

Anúncio de *Úrsula* publicado no jornal *Publicador Maranhense* em 09 de agosto de 1860

URSULA.
ROMANCE BRASILEIRO.
POR
UMA MARANHENSE.

UM VOLUME EM 8º PREÇO 2,000

Esta obra, digna de ser lida não só pela singeleza e elegancia com que é escripta, como por ser a estréa de uma talentosa maranhense, merece toda a protecção pública para animar a sua modesta authora afim de continuar a dar-nos provas de seu bello talento.

Assigna-se nesta typographia.

Anúncio de Úrsula publicado no jornal maranhense
A Moderação em 11 de agosto de 1860

A MODERAÇÃO.

S. LUIZ 11 DE AGOSTO DE 1860.

CHRONICA SEMANARIA.

Fallecimento. — O exm. sr. senador Antonio Pedro da Costa Ferreira, barão de Pindaré, baixou á sepultura na corte do imperio, no dia 18 do passado, com perto de oitenta annos. A provincia do Maranhão, perdeu um dos seus grandes ornamentos.

Do *Correio Mercantil*, extractamos o que se lê em outro lugar desta folha ácerca do illustre finado, que sendo conhecido em todo o imperio pela sua honradez, desinteresse, e inalteravel firmeza de caracter, desnecessario é reproduzirmos o que é de todos sabido.

O seu passamento foi mais um grande golpe que levou o partido liberal.

S. Bento. — O menino João Tinoco ao regressar aos lares patrios tem fallado *verdade* que é um *gosto* ouvil-o. Diz elle que S. exc. o sr. presidente da provincia lhe promettera a delegacia de policia logo que passe as eleições, e que S. exc. lhe recommendara que recrutasse assim que tomasse conta da delegacia, todos os que votassem com os liberaes. Cá.... cá.... cá....

Pois S. exc. algum dia se occupou de fallar com tal nullidade em politica?

Com os precedentes de S. exc. podemos affiançar aos nossos amigos de S. Bento e de toda provincia, que S. exc. não se envolve em eleições, não toma interesse por nenhuma parcialidade e nem concorre em patifarias eleitoraes; e nem mesmo se recorda que seja o tal sr. Tinoco, dado o caso se algum o via.

Não seja tolo sr. Tinoco, você não é consa alguma em prosa ou verso.

Pronuncia. — Pelo meritissimo juiz de direito de Alcantara foi sentenciado o *innocente* João Francisco Regis 1.º supplente do delegado de policia de S. Bento.

Se ainda não foi demittido lembrammos à S. exc. a destituição de tal homem violento e rancoroso que, criminoso como está, não pode figurar em cargos publicos.

Ursula. — Acha-se avenda na typographia do *Progresso*, este romance original brasileiro, producção da exm.ª snr.ª d. Maria Firmina dos Reis, professora publica em Guimarães.

Saudamos a nossa comprovinciana pelo seu ensaio, que revela de sua parte bastante illustração; e, com mais vagar, emittiremos a nossa opinião, que desde já affiançamos não será desfavoravel á nossa illustrada comprovinciana.

Ladrões. — Foram afinal na noite de 4 do corte capturados dous ratoneiros, um tal Chico Pinto, e um Maravilha no largo de S. João, as onzes horas da noite, em occasião que preparavão a escada.

Consta-nos, porém, que a policia não fez incontinente os precisos interrogatorios; pois que sendo os tres sujeitos presos na noite de sabbado, só na

Não deixou essa de produzir o seu resultado, o se não que o digão o apetidelino na sua Grande na esquina da de Santa Rita, e o soldado Coutinho um dos capturantes & &.

Jardim. — Bem justas são as reflexões da pessoa *Verdadeira Marmota*. Nos tambem não sabemos a causa porque o Jardim não se abre mais nas tardes dos domingos e nas noites de luello luar, com uma das bandas de musica. Talvez se o Jardim fosse de algum particular mais distracções apresentasse ao publico; porem, neste nosso Maranhão tudo é assim.

Não desejamos offender a ninguem; mas crêmos que o culpado disso é o snr. capitão Ignacio José Ferreira, administrador do dito jardim que muitos enones tem dessa sua *Dulcinea*; e a razão é clara.

O seu antecessor por essa administração tinha o mesmo vencimento — 300$ annuaes, porem todos os mezes apresentava no thesouro provincial uma conta de 10 a 16$, proveniente de despezas com compras e concertos de linhas, regadores & & O snr. Ferreira desde que foi nomeado nunca apresentou um real de despeza com o Jardim, fazendo esses concertos e compras, por capricho, a sua custa.

S. s. em vista disso para que não soffra muito a bolça, talvez concorra para que o Jardim não seja sempre concorrido. Louvamos e muito o patriotismo de s. s., mas não é justo que com elle soffra o publico essa falta de distracção.

E porque fallam no Jardim cumpre-nos dizer que a bella illuminação que ahi houve na noite de 29 do passado, foi as expensas de S. exc. o snr. Presidente da provincia, e do Sr. capitão Ignacio José Ferreira.

Aprendizes de Cantoria. — Existe ahi para as bandas do largo do palacio um lugar onde reunem-se alguns *amantes do lyrico* em infernaes ensaios, que bem encommodativos pela algazarra, devem ser a S. exc. Rev. a quem por essa modo se não respeita.

Não nos admira tanto do desatino que dão os tres rapazes *cantarolas e guitarrantes*, como da parceria que fazem com o escravo, mestre da musica vocal! Com mais minuciosidade voltaremos.

Incendio. — Na manhã de 9 do corrente houve um pequeno incendio na fogueteria do sr. Castanheira, na Trindade, que a não serem os rapidos esforços dos visinhos e de outras pessoas, podería haver uma grande explosão.

Não é a primeira vez que se manifestão desses pequenos incendios. E' prudencia o sr. Castanheira remover d'ahi para algum lugar mais retirado a sua fabrica de fogos artificiaes; pois que, por qualquer involuntario descuido, podem ser victimas não só a sua familia, como os visinhos até o largo do Palacio.

Hontem as duas horas da tarde detão os sinos signaes de incendio, que nos dizem ter sido para as bandas do Currupira.

O Seculo.

De excesso em excesso marcha o redactor do Seculo em sua linguagem violenta, contra ca

ANEXO B

Jornais maranhenses do século XIX em que Maria Firmina dos Reis publicou poemas

Poesia: *Não me acreditas!* Publicada no jornal *O Jardim das Maranhenses* em 20 de agosto de 1864

—O JARDIM DAS MARANHENSES—

A ser inflex desgraçado,
A viver no mundo só !...

Vai pois, Donsella formosa
Foge de mim, Como a rosa
Fugir deve do furacão !
Vaf ser d'outro ! —q'eu errante,
Qual perdido caminhante,
Hirei viver na soidão !...

Setembro 29—1861.   Castro Queirós.

O AMOR.

Enorme serpe terrivel
E' o amor,
Quando n'um peito sensivel
Vasa a dôr !

E' lança aguda e luzente,
E' punhal,
Que nos fére cruelmente,
Que é fatal !

O amor é tormento eterno,
E' volcão;
E' facho ardente do inferno,
E' traição !

Amargo veneno, lento
Em matar,
E' vil tyranno, cruento,
A reinar !

Mas quando é nobre e é santo,
A sorrir,
E' joia de mágo encanto,
A luzir !

Entaõ é nectar gostoso
No sabor;
E' do peito o sol formoso
Este amor !

E' da existencia a ventura,
E o matiz,
Que torna a humana creatura
Mui feliz !

Se o fado me naõ tratasse
Com rigor,
Quem me déra que eu gozasse
Este amor !

J. DE C. ESTRELLA.

Naõ me acreditas!

(A PEDIDO)

Não me acreditas !... acaso
Ha quem mais te possa amar ?...
Quem te renda mais extremos,
Quem saiba mais te adorar !?...

Acaso amor mais constante,
Acaso paixão mais fida,

Mais melindrosos affectos
Prendeo-te, de amor—a vida ?...

Asaso viste a teo lado
Gosar alguem mais ventura --¿
Acaso ternas caricias,
Cobraste de mais ternura ?...

Não comprenhendes quanto doe
Essa duvida cruel !...
E' gota, a gota exprimida
No peito,—de dôr, e fel.

Não me acreditas ... entanto
Ninguem mais fiel te amou,
Ninguem te rende mais cultos,
Ninguem melhor te adorou.

Sinto em amar-te prazer;
Porqu' o duvidas ?—cruel !...
Ha quem mais vele teos dias,
Quem mais te seja fiel ?...

Não me acreditas ? procura
Mais fido, mais terno amor,
Mais duplicados extremos,
Desvelos de mais primor.

Mas embalde... Oh eu te juro,
Só eu te sei adorar !
Mais doce amor, e mais terno;
Jamais na vida has de achar.

Guimarães.   M.|F. do' Reis.

Um Brado do Coraçaõ.

Pelo mundo indefi,rente, eu vago incerto
Sem noite, porvir, sem uma esperança,
Minh'alma inflammada em mil affectos
Busca em vão, um santelmo de bonança.

Ao fabuloso dó, pungente escarneo
De gente que o soffrer naõ comprehende;
Orgulhosa em tarnir prefere o encerro
Do mizero peito que ao sepulchro tende !

Senaõ fôras meu anjo, (oh Deus que inferno)
Que destino fatal, horrido futuro,
Ao longe vejo-te com os olhos d'alma
E nella impressa tem teu rosto puro.

Tu casta virgem, enlevo das almas
Que minha existencia recusas dourar
Es meu talisman, meus puros affectos
O unico thesouro que aspiro gozar.

Ai naõ recuzes que contemple, virgem
A meiga candura de teu rosto pulchro,
Que minh'alma triste de tanto pungir,
Sem equilibrio cahirá no sepulchro.

30 de Setembro—1861.   J. R.

Decifração da charada do n. passado é —
Pires.

Rogamos aos nossos assignantes, que por descuido do entregador deixarem de receber pontualmente este jornal, hajão de reclamar na typographia Maranhense, rua Formosa—e na mesma recebem-se assignaturas.

Maranhão—Typ.—Conservadora—

Texto publicado no jornal maranhense *A Imprensa* em 18 de fevereiro de 1860

Texto publicado no jornal maranhense *O Domingo* em 1872

nha alma atirou a aquellas solidões geladas pelo sopro da morte;—esquecidas, dormentes, abandonadas no meio de uma populaçam, que se agita, que se meneia, que ri, o folga; e que dorme não lembrada de suas saudades um somno tranquillo; porque a memoria do que ali jaz, não vem a noite, a hora do repouso collocar-se em torno do seu leito.

Esse suspiro prolongado doido como a agonia do moribundo, foi um echo de minh'alma febrecitante, repercutido sobre as muralhas d'aquelle ambito de tristezas, ao qual eu sentia minh'alma presa, como a lousa na sepultura.

Esse suspiro, resumio um passado risonho; mas breve;—um passado feliz; mas... um presente de lagrimas e prolongadas amarguras...

Foi um suspiro intimo, doloroso;—um suspiro lento como soluço de agonisante.

Elle passou por meu peito despedaçando uma, a uma todas as cordas da harpa gemedora do minh'alma, e foi perder-se na amplidam do ceu; porque a terra não o podia comprehender.

Deos sim,—Deos o comprehendeu; porque comprehende a grandesa de todas as dores humanas; porque as pesa na balança do soffrimento;—porque compadecido de tão agro tormento, um dia nos diz:

—Basta!

Basta, sim;—porque esse martyrio é o grito de Rachel chorando seu filho bem—amado...; é o brado do infeliz, que mão homécida despenhou no abysmo;—é o suspiro doloroso da rola solitaria!...

Basta... porque esse soffrimento é o vaso de abysintio, que amargura a existencia até o extremo;—é suor de sangue a gotejar na terra, espremido pelas agonias do Horto!...

Basta em fim; porque a alma enlanguece a força da dor que a dilacera;—os olhos inchutos pelas agonias da vida;—o coraçam desfeito, e morto pelo sopro glacial da desventura, inclina-se para a borda da sepultura!...

E o vapor corria, corria sempre.

Fim.

Guimarães—72.

Maria Firmina dos Reis.

MARIETA.

PAGINAS D'UM LIVRO.

Á Antonio Mello.

Vem do n. 30.
III

—Voto com o capitão! disse um dos circumstantes.

—E deve o fazer, continuou elle, porque, meu amigo, eu lhe conto: na mocidade a nossa vida é um vaso de flores...

—Menos a minha, disse eu, interrompendo-o; será uma toiça de cardos, chapada esteril, onde brotam unicamente doridos espinhos...o perfume dulcissimo de fragrantes flores só experimentei no berço...e lá mesmo...sabe-o Deos.

—Quero concordar, disse o arrojado marinheiro, tirando os occulos e depondo *L'univers illustré;* mas se não fosse o Sr. tão precipitado, escutaria de minha propria bocca o reverso da bonita medalha que lhe tracei. Escutem-me, pois; e na qualidade de meus velho não admitto interrupção sem previa licença.—De uma vocação decidida pela vida maritima, com a edade de quinze annos assentei praça de grumete em um dos vasos de nossa esquadra, então sob o commando de um homem respeitavel pelo seu talento e virtudes. Comecei a navegar e o amor cego, por aquella vida crescia de ponto. Vi Portugal; e como lhes posso mostrar das minhas impressões de viagem, Lisboa, Porto, Coimbra e Braga viram os meus primeiros passos na carreira do amor...Eu que admirava o *chorado* de nossos sertanejos, extasiava-me vendo a *Canna-verde* das coradas *cachopas* aldeans.

As obras d'arte, os acqueductos, estatuas e palacios não me influiram tanto como a simplicidade rustica d'aquella parte da população lusa.

Os pinhaes seculares que ali abundam foram por mais de uma vez testemunhas de minhas primeiras phrases de amor, murmuradas quasi ao ouvido de rechonchudas aldeans. Ah! tempo da *esfolhada* ainda hoje te choro...Passando á Hespanha, Córdova, Andaluzia e Madrid por fim foram theatro de minhas heroicidades...Já eu esquecia a *Canna Verde* e o *Fado* para me embriagar nos *tangos* e *boleros* tão communs entre a raça iberica...na Hespanha, quem não dança é condemnado ao ostracismo social, *ninas, muchachas y madres* vivem da dança e para a dança... Quantas *calles y plazas* não me escutaram dizer muitas vezes

Hija querida de la gloria,
Hermana del pensamiento,—
My corazon te habla de amor...

E no entanto, passando á Italia, Napoles, Genova e Veneza varreram-me da mente a impressão do rosto gordo da *cachopa* lusitana e o pé pequeno e bem torneado da *hespanholita* dengosa. Quando a minha fraqueza de conquistador me levava a declarar que já tinha visto tudo aquillo, a napolitana espigada perguntava-me logo: *si è amatto? videre Napoli e poi morir;* e as ruas de Nápoles, apinhadas de *lazzaroni*, e os canaes de Veneza, cobertos de gondolas, testemunharam não só as minhas aventuras arriscadas, como tambem as minhas lamentações, acompanhadas ou pelo bandolim, ou pelo *realcejo.*

E o mesmo deu-se a respeito da Franca, Inglaterra, Escossia, etc. etc.; as pontes do Sena, *Love's street and Garden palace* presenciaram,

Poesia: *A Vida!* Publicada no jornal *O Jardim das Maranhenses* em 30 de novembro de 1861

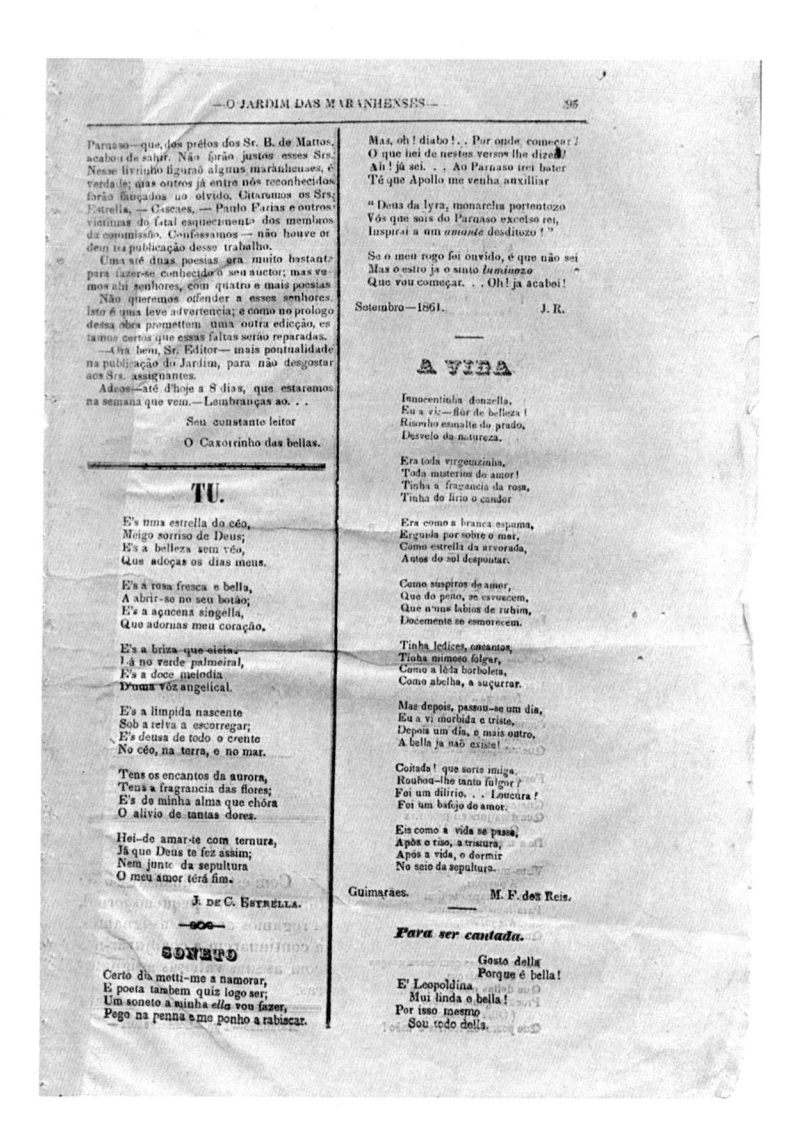

—O JARDIM DAS MARANHENSES—

Parnaso—que, dos prélos do Sr. B. de Mattos, acaboi de sahir. Não farão justos esses Srs. Nesse livrinho figurão alguns maranhenses, é verdade; quas outros já entre nós reconhecidos forão lançados no olvido. Citaremos os Srs. Estrella, — Cascaes, — Paulo Farias e outros victimas do fatal esquecimento dos membros da commissão. Confessamos – não houve ordem na publicação desse trabalho.

Uma até duas poesias era muito bastante para fazer-se conhecido o seu auctor; mas vemos ahi senhores, com quatro e mais poesias.

Não queremos offender a esses senhores, isto é uma leve advertencia; e como no prologo dessa obra promettem uma outra edição, estamos certos que essas faltas serão reparadas.

—Vai bem, Sr. Editor— mais pontualidade na publicação do Jardim, para não desgostar aos Srs. assignantes.

Adeos—até d'hoje a 8 dias, que estaremos na semana que vem.—Lembranças ao. . .

Seu constante leitor

O Caxorrinho das bellas.

TU.

E's uma estrella do céo,
Meigo sorriso de Deus;
E's a belleza sem véo,
Que adoças os dias meus.

E's a rosa fresca e bella,
A abrir-se no seu botão;
E's a açucena singella,
Que adornas meu coração.

E's a briza que cicia
Lá no verde palmeiral,
E's a doce melodia
D'uma voz angelical.

E's a limpida nascente
Sob a relva a escorregar;
E's deusa de todo, o crente
No céo, na terra, e no mar.

Tens os encantos da aurora,
Tens a fragrancia das flores;
E's de minha alma que chôra
O alivio de tantas dores.

Hei-de amar-te com ternura,
Já que Deus te fez assim;
Nem junto da sepultura
O meu amor terá fim.

J. DE C. ESTRELLA.

SONETO

Certo dia metti-me a namorar,
E poeta tambem quiz logo ser;
Um soneto a minha *ella* vou fazer,
Pego na penna e me ponho a rabiscar.

Mas, oh! diabo!.. Por onde começar?
O que hei de nestes versos lhe dizer?
Ah! já sei. . , Ao Parnaso irei bater
Té que Apollo me venha auxiliar

" Deus da lyra, monarcha portentozo
Vós que sois do Parnaso excelso rei,
Inspirai a um *amante* desditozo ! "

Só o meu rogo foi ouvido, é que não sei
Mas o estro já o sinto *luminozo*
Que vou começar. . . Oh! ja acabei!

Setembro—1861.   J. R.

A VIDA

Innocentinha donzella,
Eu a vi—flôr de belleza !
Risonho esmalte do prado,
Desvelo da natureza.

Era toda virgenzinha,
Toda misterios de amor!
Tinha a fragancia da rosa,
Tinha do lirio o candor

Era como a branca espuma,
Erguida por sobre o mar,
Como estrella da arvorada,
A' tos do sol despontar.

Como suspiros de amor,
Que do peito, se evoucem,
Que n'uns labios de rubim,
Docemente se esmorecem.

Tinha ledices, encantos,
Tinha mimoso folgar,
Como a leda borboleta,
Como abelha, a sussurrar.

Mas depois, passou-se um dia,
Eu a vi morbida e triste,
Depois um dia, e mais outro,
A bella ja não existe!

Coitada! que sorte amiga,
Roubou-lhe tanto fulgor?
Foi um delirio. . . Loucura !
Foi um bafejo do amor.

Eis como a vida se passa,
Após o riso, a tristura,
Após a vida, o dormir
No seio da sepultura.

Guimarães.   M. F. dos Reis.

Para ser cantada.

Gosto della
Porque é bella!
E' Leopoldina
Mui linda e bella!
Por isso mesmo
Sou todo della.

Poesia: *Ao Amanhecer e o Por do Sol*. Publicada no jornal *O Jardim das Maranhenses* em 30 de setembro de 1861

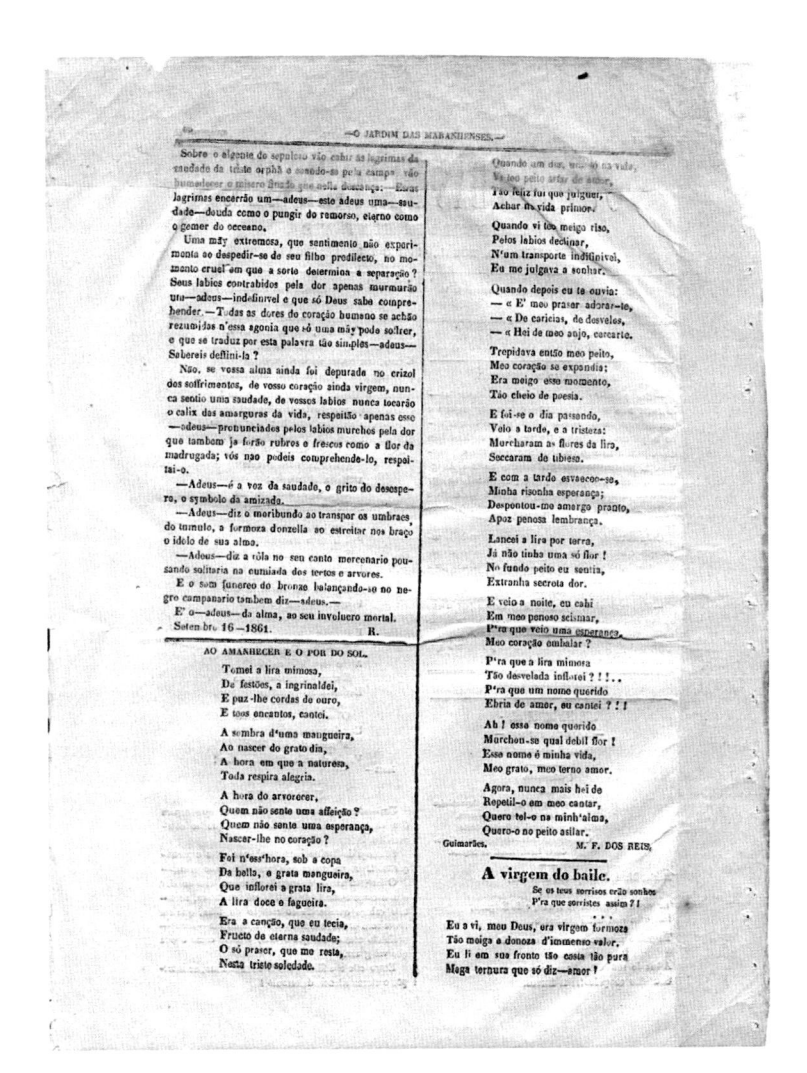

Poesia: *Logogrifo*. Publicada no jornal *O Jardim das Maranhenses* em 13 de janeiro de 1862

Poesia: *Charadas*. Publicada no jornal *O Jardim das Maranhenses* em 13 de janeiro de 1862

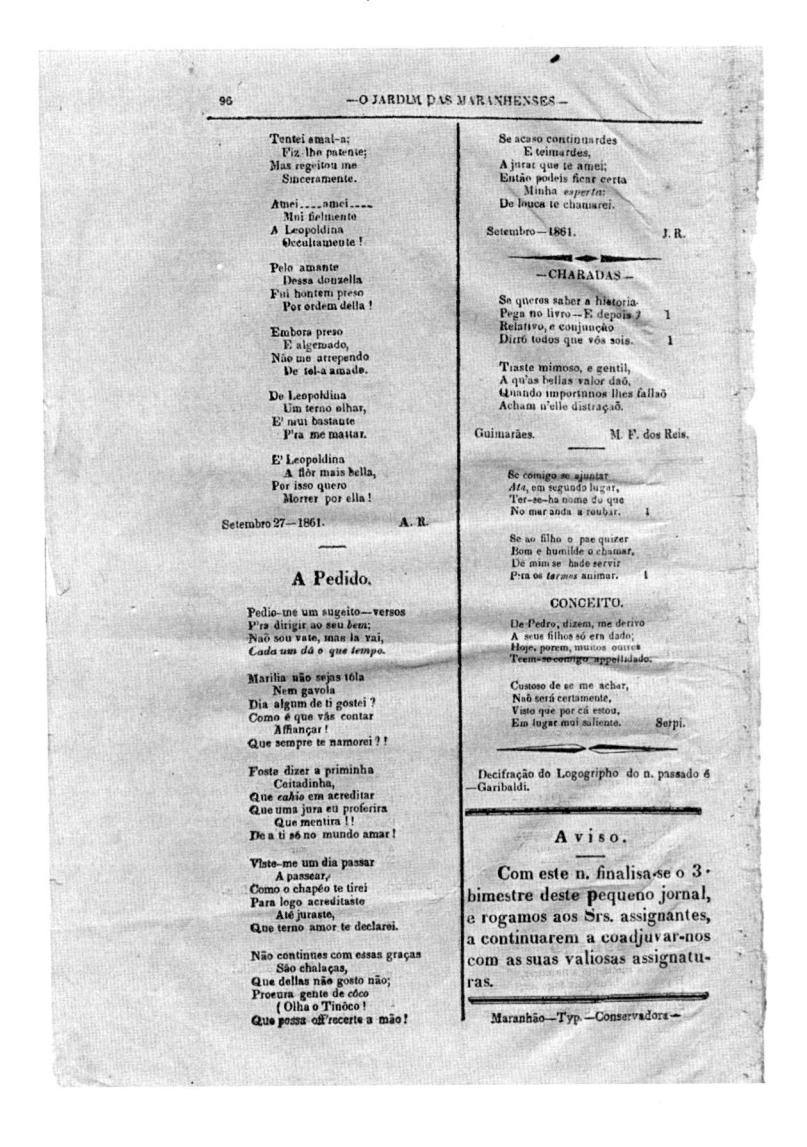

— O JARDIM DAS MARANHENSES —

Tentei amal-a;
Fiz-lhe patente;
Mas regeitou-me
Sinceramente.

Amei.....amei....
Mui fielmente
A Leopoldina
Occultamente!

Pelo amante
Dessa donzella
Fui hontem preso
Por ordem della!

Embora preso
E' algemado,
Não me arrependo
De tel-a amado.

De Leopoldina
Um terno olhar,
E' meu bastante
P'ra me mattar.

E' Leopoldina
A flôr mais bella,
Por isso quero
Morrer por ella!

Setembro 27—1861.   A. R.

A Pedido.

Pedio-me um sugeito — versos
P'ra dirigir ao seu bem;
Não sou vate, mas lá vai,
Cada um dá o que tempo.

Marilia não sejas tóla
Nem gavola
Dia algum de ti gostei?
Como é que vás contar
Affiançar!
Que sempre te namorei??

Foste dizer a priminha
Coitadinha,
Que *cahio* em acreditar
Que uma jura eu proferira,
Que mentira!!
De a ti só no mundo amar!

Viste-me um dia passar
A passear,
Como o chapéo te tirei
Para logo acreditaste
Até juraste,
Que terno amor te declarei.

Não continues com essas graças
São chalaças,
Que dellas não gosto não;
Procura gente de *côco*
(Olha o Tinôco!)
Que *possa* off'recerte a mão!

Se acaso continuardes
E teimardes,
A jurar que te amei;
Então podeis ficar certa
Minha *esperta*;
De louca te chamarei.

Setembro—1861.   J. R.

— CHARADAS —

Se queres saber a historia
Pega no livro — E depois?   1
Relativo, e conjunção
Dirto todos que vós sois.   1

Triste mimoso, e gentil,
A qu'as bellas valor daõ,
Quando importunos lhes fallaõ
Acham n'elle distração.

Guimarães.   M. F. dos Reis.

Se comigo se ajuntar
Ata, em segundo lugar,
Ter-se-ha nome do que
No mar anda a roubar.   1

Se ao filho o pae quizer
Bom e humilde o chamar,
Dé mim se hade servir
P'ra os *termos* animar.   1

CONCEITO.

De Pedro, dizem, me derivo
A seus filhos só em dado;
Hoje, porem, muitos outros
Teem-se comigo appellidado.

Custoso de se me achar,
Naõ será certamente,
Visto que por cá estou,
Em lugar mui saliente.   Serpi.

Decifração do Logogripho do n. passado é — Garibaldi.

Aviso.

Com este n. finalisa-se o 3.º bimestre deste pequeno jornal, e rogamos aos Srs. assignantes, a continuarem a coadjuvar-nos com as suas valiosas assignaturas.

Maranhão — Typ. — Conservadora —

ANEXO C

Fragmentos do romance *Gupeva* publicado em
jornais maranhenses

Fragmento do romance *Gupeva*. Publicado no jornal
O Jardim das Maranhenses em 27 de setembro de 1861

ANNO I.   SEXTA-FEIRA 20 DE SETEMBRO DE 1861.   NUMERO 23.

O JARDIM DAS MARANHENSES.

PERIODICO SEMANARIO

LITTERARIO, MORAL, CRITICO E RECREATIVO.

Subscreve-se nesta typographia ou na rua da Viração n. 6—á 1000 reis por trimestre (ou 8 numeros.) A redacção aceita e publica todo e qualquer artigo, com tanto que seja concebido em termos decentes.

O JARDIM DAS MARANHENSES

MARANHÃO, 19 DE SETEMBRO.

—Em primeiro logar, é de rigoroso dever ao—JARDIM DAS MARANHENSES—com muito respeito e acatamento curvar-se ante o bello sexo e todo rendido beijar essas mãosinhas tão bellas, e supplicar-lhes desculpem a falta que involuntariamente tem commettido. E juntamente com igual respeito aos Srs. Assignantes, pede-lhes que lhe perdoe, attendendo não ser elle o culpado e sim o Edictor, a quem fortes motivos obrigarão hir ao Interior, porem hoje se acha outro nós e promette ser pontual como d'antes.

O JARDIM com muita attenção alliança ao bello sexo, que choroso andava por não saber noticias do seo deffensor que continuará ainda com mais energia a combater pelos seos direitos.

—Recommendamos aos nossos leitores a poesia que abaixo vem estampada da Exma. Sra. D. Maria Firmina dos Reis, distincta litterata Maranhense.

De coração agradecemos á S. Exc. pela honra que dá ao nosso Jornal, collaborando-o.

LITTERATURA

MARIA.

— A NOVA SAPHO —
TRADIÇÃO DO MUNIM.

(Conclusão.)

III.

Dentro do peito geme esta alma minha
Lastimada e doida do impio caso,
Do sucesso cruel, e fim tão triste
Que aqui guardado estava a tal belleza.
       Corte Real. Nauf. de Sepulv.

Maria, Maria! tão joven, tão linda,
   Mas tão malfadada!
Tu victima ingenua do Amor, e do Engano,
Inmerita sina te foi destinada.

Tu pobre nasceste na humilde morada
    De pais virtuosos;
A luz de seus olhos, seu mimo tu eras;
Seus dias cançados fazias ditosos.

Em quanto, ignorada, vivestes em retiro,
Nos lares paternos crescias donosa,
E pura, innocente, sensível, modesta
Bem como no campo florzinha mimosa.

Amaste, ó Maria! que mais dizer posso?
Que n'alma sensível extremo é amar;
E amor que amenisa, embelleza a existencia,
Mil vezes a enche de horrendo amargar.

    Novo Phaon seu amante
    A' Maria abandonou;
      —Nova Sapho a desgraçada
    Em desespero acabou.

    Uma tradição constante
    Esta historia transmittio,
    E sobre essa mesma pedra
    Uma alta cruz se erigio.

    E dizem que em certos dias
    Pouco antes de o Sol se pôr
    Ouvião-se lá gemidos
    E ais, que causavão pavor,

    Um Sitio e Casa de campo
    Ali se vêem hoje em dia,
    E a cruz inda se conserva
    Em memoria de Maria.

    O' vós, corações sensiveis
    Uma lagryma votae
     A' memoria da infeliz;
    Vendo a cruz e a pedra,—orae!
Icatú—

UM ADEUS

Um—adeus—palavra triste e saudosa que separa dous corações que se amão, duas almas que se comprehendem!

Sentença do destino inexoravel, que corta esperanças tão fagueiras, que a meia futuros tão lisongeiros.—

O longevo ancião debruçado sobre seu leito de dor com o corpo tranzido de gellido suór da morte, recosta a cabeça encanecida ao coração da filha, que em breve será orphã, e murmura soluçando um—adeus—profundo como a dor que o rala, e terno como a vida que vai g zar.

Entre elle e a filha querida de sua alma, se interpõe o eterno silencio do tumulo!

Fragmento do romance *Gupeva*. Publicado no jornal *O Jardim das Maranhenses* em 13 de janeiro de 1862

Fragmento do romance *Rupeva*. Publicado no jornal *Echo da Juventude* em 1865

facilidade, adquire raizes profundas e produz doces ou amargos fructos, conforme o principio de sua origem.

Quantos desvelos, quantos cuidados não são precisos nessa primeira idade da vida! Ser-nos-ha licito avançar que entre nós esses desvelos e cuidados dirigem-se antes ao corpo do que ao espirito?

Desgraçadamente é a verdade; verdade bem dura, mas incontestavel, se attentarmos para os factos, que mais alto do que nós fallam, e vem em nosso apoio.

A sociedade, em suas extravagancias da moda e do luxo, tem por inexplicavel anomalia banido do seio das familias certos principios aconselhados pelo bom senso e pela moral, adoptando novos habitos cujas consequencias tem de influir maleficamente no futuro.

A geração resente-se dessa influencia malefica; soffre a familia no individuo, soffre a sociedade na familia, soffre a humanidade na sociedade.

O immenso futuro que parece estar reservado ao Brasil e que tem de ser representado pela geração que desponta, reclama com toda a força de um direito sagrado o cumprimento da missão que nos foi imposta, de preparar esse futuro e legal-o aos vindouros mais risonho do que nol-o transmittiram nossos antepassados.

Segundo as mais sagradas leis da humanidade, não nos é dado subtrahir-nos a esse dever imprescreptivel, intimamente ligado á vida das sociedades humanas, cuja tarefa neste mundo não se resume em si, mas tambem um fim providencial que não lhes compete indagar, e sim marchar para elle, guiadas pela mão occulta que lh'o aponta envolto em horisontes desconhecidos que so se abrem a posteridade.

É ai d'aquelles que não souberam desempenhar sua tarefa; que não comprehenderam todo o alcance de sua grandiosa missão!

Ellas mesmas pronunciam o *verdict* da sua condemnação na historia da sua epocha, escripta com suas proprias mãos.

Esforcemo-nos em evitar a maldição dos vindouros; voltemo-nos para o berço de nossos filhos, cujo sorriso meigo e infantil será a pronuncia da mais severa expobração, quando a sociedade que elles representarem for viciada pela tradição!

Concluiremos este artigo com o sublime principio de um illustre philosopho, Frebel, homem que se dedicou com incrivel abnegação ao estudo e á educação da mocidade: «reside na infancia a eternidade da vida; preparemos por ella a felicidade das futuras gerações; em nossas mãos está o tecermos-lhes corôas de rosas ou de espinhos.»

Estas palavras são bem dignas de seria meditação.

ADDUS.

LITTERATURA PORTUGUEZA.

CARTA III.

—Venhamos ora a outra accusação formulada com igual energia, mas com igual fundamento.

Tambem S. S. se benzeu por ter visto escrever *intendimento*, *intender* e, semelhantes. Applaudo muito mais este acto de benzer-se do que o de nos *atirar com os livros á cara*; mas depois que assim se preparou religiosamente, vejamos as causaes da sua benzedura.

A nossa defeza é, como sempre, singelissima: escrevemos dest'arte, porque a palavra vem do verbo *intendere*, naquella de suas accepções que o approximava de *intelligere*, como quando Terencio escreveu: *Hanc se intendit esse*, ou Cicero: *Quomodo nunc intendit*. Se pois a derivação nos manda escrever *in*; se muitas dezenas de palavras portuguezas, cuja primeira syllaba é *in*, soão da mesma fórma que na palavra *intender*; estamos exatamente no caso do preceito, e não é licito escrever... senão do modo censurado.

—Por aqui poderiamos ficar, quanto a esta nuga; porém a veneração devida ao illustre grammatico impelle-me, *sulva pace tanti viri*, a apreciar os fundamentos do seu asco ao *in* e do seu amor ao *en*. Vejamo-los.

Diz que na palavra *entender*, a primeira letra que elle pronuncia sôa com e. Se tal fosse a pronuncia geral, nós escreviamos *entender*, como escrevemos *entro*, apezar de se dirivar do verbo *intrare*; é pois simples questão de facto; mas, prestando attento ouvido a péssoas que fallão correcta e elegantemente, supponho que o verdadeiro som da syllaba é *in* e não *en*; ao menos é nessa intelligencia que empregamos tal orthographia? Não se póde então dizer que, se alguem commette *crime de lesa pronuncia*, é quem veda se escreva com as lettras, que, unicas, representão não só a derivação, senão a mesma pronuncia?

—Continúa, perguntando porque razão traduzimos pela preposição *en* a correlativa *in*? e diz que melhor seria «*ficarmos fallando como as mulas.*» O dito é mui chistoso, mas inaplicavel. A nossa orthographia não tolera-se adultera-se a unanime pronuncia dos vocabulos. Ella nos diz que phonographemos, nos casos em que com as lettras originarias se não alcance, por transmudado, o som portuguez *(regra 4ª)*. Não podemos portanto escrever *in*, porque isto nunca poderia soar como *en*, que é a nossa palavra; e caduca a sentença que nos comdemnava a metempscose em *mulas*.

—Accrescenta o nobre auctor: «*Os nossos neographos*, PELA IGNORANCIA QUE TEM DA LINGUA, *confundem a preposição latina* ON *com a particula negativa, que se escreve do mesmo modo! A lingua latina, neste caso mais pobre que a portugueza, não tem senão uma unica voz para exprimir duas idéas inteiramente differentes. Em portuguez temos as vozes* EM *ou* EN *para exprimir a preposição, e* IM *ou* IN *para a particula. Eis aqui porque dizemos* EMPOLYILHAR, ENNOBRECER, ENTENDER, *em todas as quaes palavras o que as syllabas* EM *ou* EN *representão é a preposição, ao mesmo tempo que dizemos* IMPAVIDO, INTREPIDO, INFELICITAR, *onde se vê a particula* IN *do mesmo modo que no latim.*»

Com a devida venia, direi que esta regra pecca, nada menos que por *absolutamente falsa*. Essa distincção, já aventada por outros, do *em* ou *en* para o sentido positivo, e *in* para o negativo, em portuguez, é flagrantemente opposta ao facto, imaginaria!

Encheria esta folha, se eu fosse a apontar todos os termos portuguezes, começados por *im* ou *in*, no sentido positivo, e até nem sei se o seu numero não excede os de valor negativo. Entre centenas de exemplos; será acaso negativo o *in* nos verbos *immolar, impellir, impender, impetrar, impingir, implantar, impli-car, implorar, impôr, importar, impregnar, imprimir, imputar, incutir, inaugurar, incendiar, incitar, inclinar, incluir, incorporar, incorrer, increpar, incumbir, indigitar, induzir, inflammar, influir,* e innumeraveis, com todas as suas modificações e dependencia? Terá a inceptiva *im* ou *in* valor negativo nos substantivos *imminencia, immersão, impeto, impulso, incubação, influencia, inspiração, insulto, impostor e impostura?* Tê-lo-ha nos adjectivos *implicito, inclicto infuso, ingreme, inherente, inicial, invadido, inveterado, intumecido....* INOPEM ME COPIA FECIT.

É, pois, esta regra um perfeito equivoco do sabio censor. Não somos talvez mais ricos neste assumpto do que os latinos. Entre elles, o *in* era particula, e preposição que regia accusativo e ablativo. Na composição creava palavras que nós aceitamos com igual sentido e orthographia, representando não só negações, senão tambem infusão, superposição, applicação, repouso, permanencia, direcção, tendencia... e até ás vezes (note-se isto bem, porque é mais) accrescentava á intimativa do simples.

Vejamos agora uma galantaria, um assalto de... *argumentos concludentes*. O nosso mestre diz-nos que provêm da nossa IGNORANCIA DA LINGUA o escrevermos *in* em vez de *en*. Vai para meio seculo, que M. Borges Carneiro publicou a sua *Grammatica e orthographia Portugueza*, onde se lê: «*Não foi senão pela* INADVERTENCIA, QUE OS NOSSOS MAIORES TINHÃO *a respeito da etymologia, que se introduzio escrever algumas palavras por* EM *ou* EN, ABERRAÇÃO *esta que devemos emendar.*» Este declara que *en* por *in* é inadvertencia, aberração; aquelle, mais varonil, redargue-lhe que escrever *in* por *en* é ignorancia. *Gens irritabilevatum!* Desculpemo-los; calor de convicções póde bem gerar fervura de linguagem.

—Eis-aqui ultimo argumento, o Achilles da censura em tal objecto: «*Pela no-*

va cacographia ficão confundidas palavras cuja significação é inteiramente diversa, ao mesmo tempo que, escrevendo, como escreve, a outra gente christã, toda a confusão é impossivel.»

Exemplifica, dizendo que *intender* será *fazer intenso, e entender, comprehender*; que *informar* será *dar informações*, e *enformar, metter na fórma*.

Começarei minha resposta, observando admirado que ambos estes exemplos sejão de verbos que fogem á lei pouco antes promulgada, visto que em nenhum á aqui denuncia da inceptiva *in* tem valor negativo! Mas passemos adiante.

Manda a lealdade da argumentação que eu não anteponha como refutação a idéa de que são só os olhos e não os ouvidos os que podem apreciar semelhante differença. Ao contrario, muito me apraz ouvir da boca de um illustre antagonista do nosso methodo, um dos argumentos que no-lo faz preferir.

Será pois boa orthographia aquella que contribuir para instantaneamente exhibir aos olhos, quando possivel, diversas accepções de um vocabulo que sôa de fórma identica. Assim o affirma o nosso mestre. Pois bem: Sendo certo que elle não ha de querer que esta consideração apenas prevaleça empiricamente para meia duzia de vocabulos arbitrarios, eu lhe affirmo que a nossa orthographia etymologica e subsidiariamente phonica, preenche o seu *desideratum* em escala decupla. Nenhum valor teria por si só o argumento de que as palavras *intender* e *informar* podem representar dous valores, escriptas diversamente, quando essa diversidade assentasse n'um barbarismo de escrever, que a nossa orthographia repelle. Mas, se deve preferir-se a orthographia que mostra aos olhos o valor das palavras, heterogeneas no sentido, isomorphas no soar, —escrevendo com letras diversas, segundo as derivações—é o nosso contradictor quem, com este argumento, generosamente nos offerece a palma. Vejamos:

Eis-aqui, como exemplo, algumas das innumeraveis similares para os ouvidos, mas differentes para o sentido, ás quaes a simples inspecção immediatamente a accepção devida:—Acto, acto—facto, facto —accento, assento—cella, sella—aço, asso —anhelar, annellar—annutar, annullar— appreçar, apressar—arrear, arriar—vale, valle—bucho, buxo—calla, cala—capear, capiar—caçar, cassar—ceda, seda—sega, cega—cem, sem—cerva, serva—cessão, sessão—ceva, seva—chama, chamma— cita, sita, scytha—concelho, conselho— collar, colar—collo, colo—cyclo, siclo— eça, essa—fita, fitta—gamma, gama—gemma, gema—haro, aro..hera, era—incerto, inserto—invito, invicto—incipiente, insipiente—laço, lasso—maça, massa—molle, mole—paço, passo—pelo, pello—penna, pena—summo, sumo—tenção, tensão— phase, faze—e outras sem conto. Já vê S. S. que a sua propaganda fica muito mais amplamente victoriosa...com a doutrina opposta á sua,

—E nada mais se lê sobre esta materia na *Memoria* que estou estudando. Prestava-se-me ella a muito mais extensos desenvolvimentos, que já aliás lhe dei n'outro lugar; mas na imprensa diaria não é licito ir mais longe.

Imagino ter justificado a impugnada orthographia que eu sigo também, *como os preciosos de Lisboa*, é que ainda aconselho com muito mór severidade de applicação. Como, porém, as censuras orthographicas se não limitarão a estes pontinhos, continuarei, na seguinte carta a aprecia-las. Assumpto é este, muitas vezes apodado de frivolo, e todavia, se devidamente o encararmos, de consideravel alcance. Não são estes, por certo, olympicos certames, em que seja licito pleitear palmas, porém, nem sempre são inuteis os esforços de operarios obscuros.

ZERO.

Rio de Janeiro.

GUPEVA.
ROMANCE BRASILIENSE.
III.

—Muitas luas se ham passado, mancebo, continuou o cacique, com voz magoada, muitas luas já, e tantas que nem vos sei dizer. E era uma tarde, bella como o foi a de hoje; mais bella talvez, porque era entam a lua das flores, e eu della me recordo ainda, como se fora hoje...

Sim, era uma tarde de enlevadora bellesa; n'ella havia seduçam, e poesia, n'ella havia amor, e saudade. Sabeis vós o que nós outros chamamos—lua das flores? E' aquella em que um sol brando, e animador, rompendo as nuvens já menos densas, vem beijar os prados, que se avelludam, enamorar a flôr, que se adorna de louçanias, vevificar os campos, que se revestem de primoroso ornato, afagar o homem, que se deleita com a belleza da natureza. E' a lua em que os passaros afinam seos cantos melodiosos, é a lua em que a cecem mimosa embalsama as margens dos nossos rios, em que as campinas se esmaltam de flôres odorosas, em que o coraçam ama, em que a vida é mais suave, em que o homem é mais reconhecido ao séu Creador...

Elle fez uma pequena pauza e continuou:

—Era pois na lua das flôres, que a tarde um velho cacique, e um mancebo indio, do cume deste mesmo outeiro, lançavam um olhar de saudosa despedida, sobre o navio normando, que levava destas praias uma formosa donzella. Era ella filha desse velho cacique, que com magoa, a via partir para as terras da Europa; mas, a formosa Paraguassú d'a muito a havia destinguido d'entre as demais filhas de caciques; e sua affeiçam por ella era sincera, e immensa. Paraguassú seguia para a França, onde devia receber o baptismo, tomando por sua madrinha a celebre italiana, Catharina de Medices, cujo nome tomou na pia baptismal; e não podendo separar-se da amiga querida, levava-a comsigo, arrancando-a d'essa arte ao coraçam de seu pae, e aos sonhos deleitosos do moço indio, que magoado via fugir-lhe a mulher de suas affeições. Epica, Sr , chama-se essa joven india. Epica era o seo nome. A sua auzencia, não seria prolongada; o velho e o moço não o ignoravam; mas elles a amavam tanto, que foi-lhes preciso chorar. Seria um presentimento a dor que ós affligia? foi talvez... choraram ambos: entretanto o velho era um bravo, e o moço já um valente guerreiro.

Ella, emtanto só concebia a dôr do velho; as saudades paternas aggravavam mais a magua de o deixar; o moço indio era-lhe apenas pouco mais que um estranho. Seo coraçam ainda virgem desconhecia as delicias, e as torturas do amor. O indio, pois, era-lhe indifferente, se é que indifferente se pode entender um homem que estava sempre a seo lado, e que tinha em suas veias o sangue de seo pae. Este mancebo indio era filho de um irmão do velho cacique, e seo intimo amigo. Destinado desde a infancia para esposo de Paraguassú, este mancebo nunca a pode amar, nem tão pouco inspirar-lhe amor. Entretanto Paraguassú era bella! Elle amava perdidamente sua joven parenta: Epica era a mulher de suas doidas affeições, porem esse amor puro como a luz da estrella da manhã estava todo cuidadosamente guardado no santuario do seo coraçam; uma palavra, um gesto, não havia maculado ainda a puresa desse sentir magico, e deleitoso. Epica era pura, e innocente, como a pomba, que geme na floresta: seo coraçam conservava ainda o descuido enlevador dos dias da infancia. Oh! ella era como a assucena a margem do regato...

O velho cacique attentou nas lagrimas do guerreiro joven; e n'um transporte affectuoso, apertando-o contra o seu coraçam, apontando para o extremo do horisonte, onde se perdia já o navio, disse-lhe:

—Sê sempre digno de mim, e de teo pae; quando ella voltar será tua. Oh! eu o juro.

O moço ajoelhou aos pés do irmão de seo pae, e beijou-lhe as mãos com o enthusiasmo do reconhecimento..........
....

—França! França!... «exclamou o tupinambá depois de alguns momentos de amargurado silencio» pudera eu esmagar-te em meos braços!!!

—Passaram vinte e quatro luas, continuou serenando-se um pouco, o mancebo as contara por seculos. Ao fim de cada dia vinha elle ao cimo deste outeiro, e d'aqui prescrutava os mares, nús d'uma vela, que visse lá das partes do occidente e quando cahia a noite, volvia triste e desconsolado aos lares do velho cacique. O misero velho tinha cegado nesse curto espaço, e só da boca do mancebo esperava cada dia a nova feliz que o havia lançar do fundo das suas trevas, no gozo da felicidade. Assim se passaram muitos dias... mas uma vez a lua veio estender seo lençol de prata sobre a superficie desta immensa bahia, e confundir suas saudades ás saudades do moço, que a contémplava com melancholia, e ainda assim a suspirada Epica não voltara ás praias do seu paiz. A desesperança começava a lavrar no coraçam do moço guerreiro. O velho sentia maiores saudades; porem esperava com mais paciencia.

Um dia, porem, um navio alvejou ao longe; era ella; seo coraçam estremeceo de intima satisfaçam; no coraçam do velho cacique o transporte não foi mais vivo. Seos olhos a viram inda assim; elle mal podia acreditar em tanta ventura. Esse navio tam anciosamente esperado chegara em fim, e com elle a vida, a felicidade do mancebo. Ao menos assim o acreditava elle, louco de alegria. O anjo dos seos sonhos, o encanto dos seos dias, o idolo do seo coraçam, esse navio lhe acabava de restituir. O velho, tacteando as trevas de sua noite eterna, correo pela mão do mancebo ao encontro de sua filha. Era um espectaculo bem tocante ver esse velho guerreiro chorar, e rir de praser, com a ideia de tornar abraçar aquella filha mimosa, que tocando-a, jamais a tornaria a ver. Epica a jovem india, trajava ricos vestidos a europea. Apertava-lhe a cintura delgada, e flexivel, como a palmeira do deserto, um cinto negro de velludo, e as amplas dobras do seo vestido branco envolvião-lhe o corpo mimoso, delgado, como a haste da assucena a beirario. As tranças negras do azeviche, que lhe molduravam as faces avelludadas, eram aqui, e ali entremeadas de flores artificiaes. Era todo artificio aquelle trajar até entam desconhecido do moço indio; elle sentio repugnancia em ver aquella, que era tam simples no meio da solidam, ornar-se agora de trajes, que fasiam desmerecer sua belleza, e seos encantos...

—Paraguassú de volta a sua patria, continuou o cacique após breve pausa, parecia sentir na alma os effeitos desse inexprimivel sentimento de suprema felicidade, que deleita, e enlouquece o infeliz proscripto, no dia em que, inda que com as vestes despedaçadas, e a fronte cuspida pelas vagas, uma dellas, mais benefica, o arremessa á praia, onde seos olhos viram a primeira vez a luz. Trazia nos labios um sorriso, que levava facilmente a comprehender o praser, que lhe enchia o coração. Pela mão dessa bella princeza, seguia, debil e abatida, melancholica e desconsolada, a jovem donzella brasiliense. Semelhava ella o lirio, crestado pela ardentia da calma; borboleta, que a luz da vela emmurcheceo as azas.

Contraste doloroso havia entre a fronte pallida, e abatida da moça india, e a fronte altiva, e risonha da joven esposa de Caramurú.

—Perdoai-me, continuou o cacique, se insisto nestas particularidades; o que me resta a contar provar-vos-ha que ellas não são aqui inuteis.

ANEXO D

Iconografias de Santa *Úrsula*

Foto de Santa Úrsula e as onze mil virgens. Autor: Laurentius Pasinelli inu.

Foto de Santa Úrsula e as onze mil virgens

Foto de Santa Úrsula e as onze mil virgens

Esta obra foi composta em Arno Pro Light 13 para a Editora Malê e impressa na RENOVAGRAF, em São Paulo, em março de 2023.